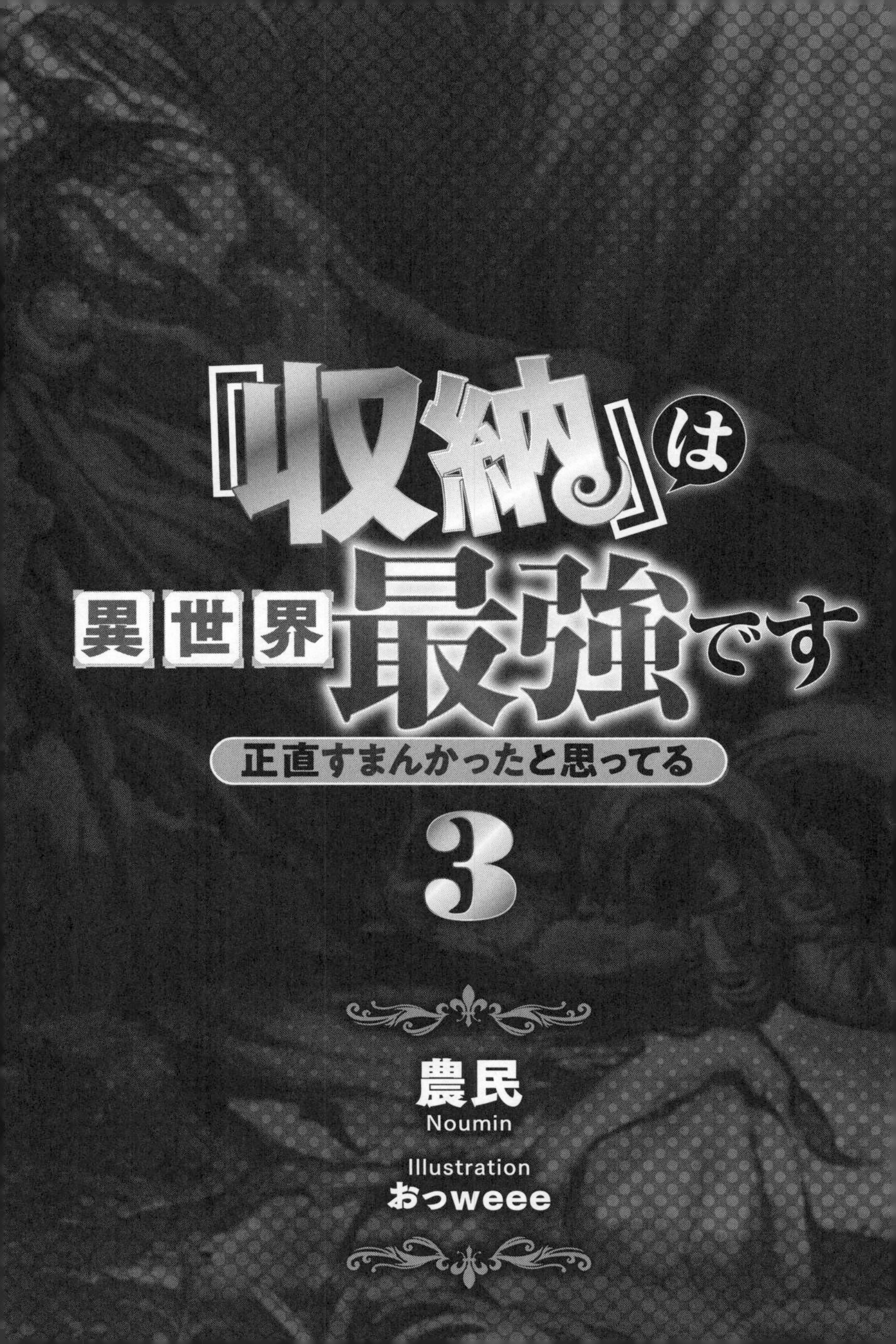

『収納』は異世界最強です

正直すまんかったと思ってる

3

農民
Noumin

Illustration
おっweee

登場人物紹介

安《あん》堂《どう》彰《あき》人《と》

ある日突然、勇者召喚された青年。
召喚主の王女を疑って、死を装い
王都を抜け出し、異世界を旅する。

イリン・イーヴィン

自分を救ったアキトを慕い
行動を共にする、狼人族の少女。
アキトに連れられ、故郷の里に戻る。

神崎《かんざき》海斗《かいと》
アキトと共に勇者召喚された、
正義感溢れる高校生。
斎藤《さいとう》桜《さくら》
海斗と環の友人で、
オタク趣味を持つ勇者の一人。
滝谷《たきや》環《たまき》
死んだとされるアキトの
行方を追う、勇者の少女。
神獣
狼人族の里近くの森に棲み、
守り神として崇められる巨狼。
ウォルフ
狼人族の里の長。
高い実力を持つ。
ウース
イリンの幼馴染の青年。
何かとアキトを
敵視している。

第1章　討伐隊と里の危機

俺――安堂彰人《あんどうあきと》はある日、四人の少年少女と共に、異世界に勇者として召喚《しょうかん》された。

しかし勇者にふさわしい能力を持っているのは少年少女四人だけで、俺は巻き込まれただけの端《は》役《やく》だった。

俺たちを召喚した奴らは、「魔王を倒してほしい」なんて言っていたが……なんとなく嫌な感じがしたので適当に偽名を名乗って様子を見ていたら、案の定奴らは、魔王なんてどうでもよくて、他国を侵略するためのただの兵器として、俺たち勇者を利用するつもりだったのだ。

このままでは死ぬまで使い潰されると感じた俺は、一緒に召喚された四人を見捨て、一人で城を抜け出した。

城を抜け出し国から出るつもりだった俺は、以前助けた狼獣人《おおかみじゅうじん》の少女――イリンと再会し、彼女を故郷である獣人の里に送り届けることにする。

道中、これからどう生きていくか悩んだり、魔族と戦ったりと、色々あったが、無事に獣人の里に辿《たど》り着き、彼女を親の元へと帰すことができたのだった。

聞かされる。

それから俺は、一ヶ月後に、イリンが里の大人に受け入れられるための儀式が行なわれることを

戻ってきたイリンを快く思わない者がいるかもしれないので、もう数日、里の様子を見てから出ることを決め、しばらく滞在していたのだが——

獣人の里に隣接する森の入り口で、今、俺の目の前には、頭に狼耳を生やしたむさい男どもが集まっている。前にも思ったが、やっぱり厳《いか》つい男に獣耳があっても可愛くもなんともない。

「——なあ、討伐隊《とうばつたい》って何をするんだ？」

この光景は、俺が昨日、不注意に発したそんな言葉から始まったものだ。

「アンドー！　どうだ、討伐隊の皆は！　強そうだろ！」

厳つい男たちの中でも一際《ひときわ》目立つ男が、近づいて話しかけてきた。

今日知り合ったばかりなのにやけに馴《な》れ馴れしいこの男は、討伐隊の隊長で、名前はオーレル。

俺が里に馴染《なじ》めるよう、討伐隊の皆に紹介してくれることになっている。

この里において討伐隊がどんな役割を担《にな》っているのか、事前にしてくれた説明によれば、その名の通り討伐を行なうというものだ。

では何を討伐するのかといったら、当然というべきか、魔物だった。

この辺りは魔物が多く、強力なモノも存在する。その理由も判明しているらしいが、それが何かは教えてくれなかった。

そんな魔物たちを放っておくことはできないので、討伐隊がローテーションを組んで、里の周囲の魔物を毎日狩っているそうだ。

ちなみに、狩った魔物の素材はある程度たまったら近くの町に売りに行っていて、この里の貴重な収入源にもなっているらしい。

「では、知っているものもいるだろうが、皆に紹介しよう！　我らの里の仲間を助けてくれたアンドー殿だ！　今日はアンドー殿に我らの力を見せようぞ！」

「「「うおおおお！」」」

空間を揺らすと思えるほどの咆哮《ほうこう》。思わず耳を塞ぎたくなるが、そんなことをすれば悪目立ちするので耐えるしかない。

どうしてたかが紹介でこんなにも盛り上がっているかというと、仲間を助けた――つまりイリンを連れ帰ってきたからというのもあるが……これから俺が戦うからだった。

新人を仲間に入れる時は、その力量を見せるために必ず模擬戦を行なうのが、獣人式の歓迎方法らしい。

討伐隊の役割からして強いことは必須なので、新人の力を見る必要があるのは理解できる。

ただ、俺は正式に入るわけじゃないし、ただの紹介なんだから模擬戦なんかする必要はないと思うんだが……そうはいかなかった。

顔を見せるだけだと思っていたから、あれよあれよと模擬戦をする羽目《はめ》になった時は、涙が出そうになった……もちろん、うれし泣きではない。

「では始めるとしよう！　アンドー殿！　お願いする！」

そんなキラッキラした笑顔で戦いを求められても困るんだが……はぁ……

「俺は一回しか戦わないからな」

どうして獣人はこうも戦闘が好きなんだろうか？　闘争本能が疼《うず》くとかそんな感じか？

あー、でも一応日本人も戦闘民族とか言われてたんだったか？　戦国時代とか凄いもんな。

確かに俺も、この世界で戦った時、ちょっと楽しいって思うこともあったし、力の競い合いは嫌いではないけど……傍《はた》から見れば同じようなもんか。はぁ……

俺は渋々《しぶしぶ》と、討伐隊のメンバーに囲まれている広場の中央に向かう。

「やあ！　俺の名はエルド！　今日はよろしく！」

「……ええ。よろしくお願いします」

不満はあるけど、それを押し殺して笑顔で握手《あくしゅ》を交わす。

「俺たちの仲間を助けてくれてありがとう！　でも今日は手を抜かないぞ！」

「もちろんです。といってもそれほど強いわけではないので、胸をお借りするつもりでいかせてもらいますね」

「ははっ！　何を謙遜《けんそん》を。里長《さとおさ》の息子――ウースとの決闘は見せてもらったよ。彼は若いとはいえ、それなりの実力はあったんだ。それをああも余裕を持って倒すとは、なかなかできることじゃない」

　俺はこの里に到着してから、里長であるウォルフに言われて、何かと食ってかかってくるウースと決闘を行なっている。おそらくそれのことを言ってるんだろう。

「……余裕あるように見えました？　かなり押されてたと思うんですが……」

「それは君が本気を出していなかったからだろう？　事実、最後の方は危なげなく終わったじゃないか」

　確かに、ウースの攻撃を誘うためにそれなりに追い詰められたふりをしてみたんだが、こいつらほどの実力を持っていると、簡単に見抜かれるのか……

　それにしても、決闘で手を抜いた奴は信用されない的なことを言われた気がするんだが、いいんだろうか？

　そう思っていると、顔に出ていたのかニカッと笑みを浮かべられる。

「大丈夫。決闘において真面目に戦わないのは軽蔑《けいべつ》される行いだが、君の行動はイリンを思ってのことだって、長が言ってたからね。みんな納得してるよ」

……ウォルフ《長》の奴、引っ掻《か》き回すだけかと思ったが、ちゃんと仕事というかフォローもしてくれてたんだな。正直意外だった。

「よし！　じゃあ始めるとしようか！」

そうして嫌々ながらも、俺の紹介という名の戦いが始まった。


「それまで！　勝者、エルド！　両者ともによくやったな！」

戦いは俺の負けをもって終わり、オーレルが勝負の終わりを宣言する。

「ありがとうございました。いい経験になりました」

「こちらこそ、だな……ただできれば全力の君と戦ってみたかったよ」

「気づかれていましたか……」

「まあね。まあ今日のは決闘じゃないし、奥の手を隠しておくのは当然のことだから問題ないけど……やっぱり少し残念だよ」

「それはすみませんでした……ですがそう言っていただけると嬉《うれ》しいですね」

「次は全力で戦えることを期待してるよ！」

「はは……いつか機会があったら、その時にはきっと……」

最後に握手して別れたが、エルドは結構落ち着きのある感じだったな。

……あれで落ち着きがあるっていうのもどうかと思うが、周りの熱狂具合を見たらそう思うのも仕方ないだろう。俺たち選手よりも、周りで観戦してる奴らの方が騒いでいる。

多分エルドが対戦相手に選ばれたのは、それなりに強いってのもあるだろうけど、熱くなりすぎて俺に迷惑をかけないよう、配慮《はいりょ》しての人選だったんだろうな。

「よし！　じゃあ次は……」

しかしオーレルは、次の試合を始めようとしていた。一回しか戦わないって言ってたはずなのに……決まってしまえば俺が受けるしかないとでも思ってるんだろうか？

……いや、こいつらの様子を見る限りそんなこと考えてないな。ただ単純に戦って騒ぎたいだけに見える。やっぱり配慮云々《うんぬん》は気のせいだな。

「俺がやる」

すると、決闘で俺に負けて以来、顔を見ていなかったウースが前に出てきた。

「ウース!?　なぜお前がここに！」

「……今日出る筈《はず》だった奴から変わってくれって頼まれたんだ」

その言葉が本当なのか、それとも俺がここに来ることを知って無理やり交替させたのかは分からない。だがウースの顔を見るに、前にも増して俺のことを憎悪しているようにすら思える。

そんなウースを、オーレルが叱《しか》りつける。

「ダメだ。お前は決闘をして決まったことを破るつもりか!?」

「……これは決闘は関係ない。討伐隊の新人が必ずやる模擬戦だ。ここで俺が戦ったとしても掟破《おきてやぶ》りにはならない筈だろう」

「それは……だが……」

獣人は決闘を神聖視していて、そこで決まったことは必ず守るという掟がある。しかしオーレルが悩んでいる様子を見ると、屁理屈《へりくつ》ではあるものの間違ってはいないみたいだ。

まあ俺は戦うつもりがないので何もしない。ただオーレルとウースのやり取りを遠目から見てるだけだ。

しばらくすると話し合いに決着がついたのか、オーレルが俺の方に歩いてきた。が、その様子を見た俺は、顔をしかめざるを得なかった。

何やらウースがニヤリと勝ち誇ったように笑っているし、オーレルは心なしか落ち込んで見えたからだ。いや、どこか若干喜んでいる風にも見える。

これは……めんどくさ……

俺が顔をしかめていると、オーレルが話しかけてきた。

「すまないが、ウースと戦ってくれないか?」

どうやら俺が予想した通りになったようだ。はぁ……

「申し訳ありませんが、お断りします」

こんな面倒そうな申し出を受けるわけがない。

戦って俺が勝っても、どうせまた何かしらの理由をつけて戦いを仕掛けてくるだろうからな。

「そうか……」

そんな俺の対応を予想していたのか、オーレルはすぐに納得してくれた。

若干落ち込んでいるように見えるけど、気のせいだろう。

「待て！　なんでだ！　なんで戦わない！　今度こそ俺に負けるのが怖いのか⁉」

でもウースはそれでは納得しなかった。

こうして突っかかられるのもいい加減慣れてきたなぁ、なんて思いながらウースの言葉を受け流していく。

ところがウースの言葉に乗っかって、周りで見ている討伐隊の奴らが囃《はや》し立てるように声を上げ始めた。

――今後、事あるごとにこうして絡まれるのも面倒だし、もう突っかかってこれないよう、ボコボコにしておいたほうがいいか？

「おい――」

「そこまでになさい。ウース」

俺が口を開きかけたところで、二十代後半くらいの女性が現れた。

場違いながらもつい、あっ、討伐隊って女の人もいたんだ、なんて思ってしまった。

まあ、イリンの姉――イーラも参加していると聞いていたので他にいてもおかしくないんだが、ここまで全く目にしなかったんだよな。

……でも女性もいるんなら、なんでさっきから俺の周りにはむさい男どもしかいないんだ？

「……班長」

たじたじと名前を呼ぶウースを無視して、その女性は俺を見る。

「……アンドーさん、と呼んでもいいかしら？」

「ええ。ご自由にどうぞ」

「そう、ありがとう。それと、ごめんなさいね。私たちの仲間が面倒をかけてしまって」

班長と呼ばれた女性は、周りの男どもと違ってだいぶ理知的に見える。

おそらくではあるが、隊長であるオーレルではなく、彼女が討伐隊のまとめ役なんだろう。

そんな彼女に、俺は首を横に振る。

「いえ、エルドとの戦いは私としても楽しかったので文句はありません――ウースは別ですが」

「分かってるわ。これは決闘で決まったことを覆そうとしているウースが悪いわ」

「待ってくれ！　俺は悪くねえ！　これは決闘で決まったことに逆らってるわけじゃ――」

「黙りなさい！　――決闘で決まってなかったから？　それがなんだというのです！　確かに決闘では、後々模擬戦を行なってはいけないとは決まってなかったでしょう。ですが、今のあなたを見れば、決闘で負けたことの腹いせをしようとしているのは明白です。決闘で決まっていなかったからと言って、それを見過ごすわけにはいきません」

ウースは反論しようとしたのか口を開いたけど、それが出る前に女性が更なる言葉を口にする。

「決闘は私たちにとって神聖なもの。その決闘で決まった事柄の抜け道を探し、掟は破っていないからと言い訳をして復讐《ふくしゅう》しようとしている――あなたの行いは、私たちの誇《ほこ》りを貶《おとし》める行為だと知りなさい！」

ウースはそれ以上反論できないようで、拳《こぶし》を握りしめながら俯《うつむ》いている。

そして今度は、俺とウースを囃し立てて戦わせようとしていた討伐隊に説教の矛先が向けられた。

「あなたたちもです！　いったい何をしているのですか！　今日は新人の歓迎会ではないのですよ！　アンドーさんは私たちの仲間を助け、里まで連れてきてくれた恩人です。今日だって、連れてきた子が今後安全に過ごすことができるのか確認するために、私たち討伐隊を見に来たのです。だというのにあなた方は模擬戦だと言って戦いを仕掛けるなど……状況を考えなさい！」

いや、そういうつもりで見に来たわけじゃないんだけど……まあいっか。

「……ですが班長、歓迎会によって親睦《しんぼく》を深めることは重要では――」

「黙りなさい！」

「グアッ！」

女性に抗議するために近づいた討伐隊のメンバーが吹っ飛んだ。

「……え？」

「アンドーさんは私たちの恩人です。そんな方に迷惑をかけることは許しません！」

女性が一喝《いっかつ》すると、男たちは黙り込んでしまった。

……え？　何、今の？　この人がやったの？

後ろを振り向き男が飛んで行った方を見ると、確かに男が倒れている。

今まで会った獣人の中で一番大人しそうで知性的に見える女性が、いきなり大の男を吹き飛ばすような攻撃を繰り出したことに、驚くことしかできない。

「異論は！」

「「「ありません!!」」」

さっきまでの行動が嘘《うそ》のようにしっかりと統率のとれた男たちの姿がそこにあった。

「アンドーさんの対応は一班だけで構いません。他はいつも通りに行動すること――解散！」

討伐隊は一糸乱れぬ動きでそれぞれ行動し始めた。

その様子に満足そうに頷《うなず》くと女性は俺の方に向き直った。

「お恥ずかしいところを見せました」

「あ、いえ、かっこよかったですよ……？」

大の男を吹き飛ばすほどの攻撃。よく見てなかったから、殴《なぐ》ったのか蹴《け》ったのかすら分かってないけど、すごいのは間違いない。

それに厳つい討伐隊の男たちをまとめ上げるのも、かっこいいと言っていいだろう。

「あ、そちらではなく、討伐隊の者たちとウースについてです……」

女性は恥ずかしそうに、少しばかり顔を赤らめてしまった。

だがそれも当然か。誰かを殴り飛ばしたところを見てかっこいいと言われても、イーラのように武闘派の者なら喜ぶだろうが、普通の女性はそうじゃない。

暴力的なことを褒《ほ》められたとしても反応に困るに決まってるし、あんな男たちをまとめ上げる様子というのも恥ずかしいだろう。特にこの女性はそんな感じがする。

「あっ……す、すみません」

「いえ……」

お互い顔を赤らめながら無言の時間が流れる……なんだこの空気。

そう思っていると、背筋にゾワリと何かを感じた。

なんだ？　と背後を見るが何もなく、そんな俺に女性が自己紹介してくれた。

「そういえばまだ名前を言っていませんでしたね。私はオーレルの妻で、討伐隊第一班の班長をしているオリアナと言います」

「そうでしたか。知っているでしょうけれど、私は安堂と申します」

「ええ。存じてます。ご迷惑をおかけすると思いますが……既にご迷惑をおかけしていますが、本日はよろしくお願いします」

「こちらこそ、よろしくお願いします」

それから俺は、班長であるオリアナに率いられた討伐隊のメンバーと共に、森の中に入っていく。

「この森には魔物が多くいます。それを狩り、里の安全を確保するのが私たち討伐隊の仕事です。ですが、それだけというわけではありません……今回、里の子供が攫《さら》われたように、よからぬことを企むものがやってくることがあります。そういった異変や痕跡《こんせき》を探して対処する、というのも私たちの仕事なのです」

道中、討伐隊の詳しい仕事内容を聞いたり……

「ああ、その花は気をつけてください。不用意に触ると爆発します」

「はあっ⁉」

生えている植物の利用方法や危険性について聞いたりしながら進んでいった。

班長よりも上の地位の隊長である筈のオーレルは、俺の対応をオリアナにぶん投げて、討伐隊のメンバーと談笑しながら近寄る魔物を退治している。

「……いいのか、あれが隊長で」

「あれでもちゃんと、隊長を務められてるんですよ」

オリアナはなんでもないよう振舞っているが、少しだけ声のトーンが下がった気がする。

不意に漏れた言葉とはいえ、オーレルの妻であるオリアナに聞かれたのはまずかったな。気を悪くしてしまったみたいだ。

「あっ、すみません」

「……いえ、こうして見るとただ騒いでいるようにしか見えませんから……実際、今はただはしゃいでるだけですし」

……本当にそれでいいのか、隊長。

「……魔物が多いとは聞いてましたが、ここまでとは」

森に入ることしばし、俺はそう口を開いた。

今まで入ったことのある森では、歩いただけではそう簡単に魔物に出くわすことはなかった。

なのにこの森では、歩いているだけで五分に一度は魔物に遭う。

その度に魔物は討伐隊に狩られていくので俺に危険はないのだが、こうも続けて現れると、危険はないと言っても疲れはするのだ。

そんな俺の言葉に、オリアナは首を傾げた。

「私は他の森に行ったことがないので分かりませんが、この辺りはいつもこんな感じですよ」

「毎日狩ってるのにこれですか……一日でも休めば大変なことになりそうですね」

「はい。ですのでいくつかの班に分かれて順番でやっているのです……過去には災害などの影響で、討伐隊を出せないことがあったそうですが、その時は魔物が増えすぎて、最終的には里に魔物の大群が襲いかかってきたそうです」

へぇ～、そんなことがあったのか。ああ、そういえば、里をいつでも移せるようにしてあるって聞いたことがあるな。それも確か、魔物対策だったよな。

……にしても、なんか違和感があるんだよな、この森……

「どうかしましたか？」

「え？　ああ、いえ。大したことではないのですが、なんというか……森に違和感があって……」

「違和感？　詳しく聞かせてもらって構いませんか？」

オリアナは今までも真剣だったが、それ以上に真剣な表情で聞いてきた。

まるで黙秘は許さないかのような雰囲気だ。

それを感じ取ってか、ここまでふざけていた様子だった討伐隊の面々もこちらを注目している。

……それほど注目するようなことだろうか？

いや、この森の異常事態は自分たちの生活に密接に関係があるんだから気になって当然か。何かあれば里中を巻き込んでの大騒ぎになるんだし。

とはいっても、俺は今日この森に入ったばかりだし、具体的なことは分からない。

「……すみません、普段の状態を知らないので、自分が何に違和感を抱いたのか、分からないんです。ただ違和感としか……何か分かったらお知らせします」

「……そうですか。お願いします」

オリアナがそう言って緊張を緩めると、討伐隊も先ほどと同じ状態に戻った。


「よしっ！　やったぞ！」

また、襲いかかってきた魔物を討伐隊が倒して、うおおおお！　と騒いでいる。

「アンドーさん。お願いします」

オリアナにそう言われて、俺は倒された魔物の元へ向かった。

俺が頼まれているのは、倒した魔物を収納魔術で回収すること。

俺が取得している二つの能力である、勇者が必ず持っているスキル『収納』と、この世界にある収納の魔術。これは完全に別物だ。前者は触れたと認識した対象を任意の形で収納したり、結界なんかを収納できたりする。後者は別空間に繋《つな》がる黒い渦を生み出し、そこに物を収納することができる。

スキルの方はバレると困るけど、魔術の方なら珍しいだけで使える奴は他にもそこらへんにいるので問題ない。おかしな使い方をしない限りは、だけど。

倒れているのは、俺が以前、ここの里に来る前に入った森で倒した鹿型の魔物だった。

ただ、以前の魔物は普通の鹿と同じ茶色だったが、今回のは緑色だ。

「……あ」

そうか。やっと分かった。

さっきから俺が抱いていた違和感の正体に、今目の前にいる魔物を見て気がついた。

今日遭遇した魔物は全て緑色だったんだ。

もちろん完全に同じ色というわけじゃなくて、多少は濃淡《のうたん》があった。けど、緑色という枠組みから外れることはなかった。

「……どうしました？　何か分かりましたか？」

オリアナが聞いてくるけど、話してもいいのか？

討伐隊のメンバーが気にしてないってことは、ここではこれが普通なのだろう。だから今更そんなことを話していいものか少し迷う。

確か、毛の色って魔力の属性の影響を受けるんだっけ。

緑は風系統の魔力の色が強いと出る色だったな。魔物だけでなく里の住人全員が薄緑の髪をしているることから、この辺りにはそうなるような何かがある、もしくはいるんだと思う。

そんなこと分かってると思うけど、気づいたことがあったら、って言われてるし一応伝えておくか。

「……なるほど。違和感というのはそれでしたか。であれば問題ありません。その影響を及ぼす原因となっている存在は、私たちも把握しています」

「それはよかったです……ちなみに、それを教えてもらうことは……」

「申し訳ありませんが、できません。アンドーさんがイリンちゃんと結婚して正式に里の一員となれば問題ありませんが、今はまだ……」

「……そうですか」

里の一員にならなければ教えてくれないってのは理解できるし、結婚すれば里の一員になるっていうのは分かるけど、なんでイリン一択だったんだ？　いやまあ、俺はイリンと一緒にここに来たし、イリンも俺に懐いてるからそうなるのも分からないでもないけど……

……気になる。どこまでどう話が広まっているのか、すごい気になる。もしかして、里の人たち全員が俺はイリンと結婚する、なんて思ってるんだろうか？

そう考えると、すごく気になる……気になるけど、聞きたくない気もする。聞いたらもう後戻りできないというか。

……もうこのままではいけないというのは分かっている。それでも俺は、やっぱり……

「アンドーさん！」

考え込んでいた俺の意識がオリアナの一言で現実に向いた。

「大物が来ます！　気をつけてください！」

その言葉が示すように、俺が魔力を広げて行なっている探知の中に、既にその存在があった。

しっかりしろよ俺。ボケてる場合じゃないだろ。ここは安全な場所じゃないんだ。何のために探知を広げてんだよ！

自分を叱咤《しった》して、武器を構える。

「俺はどう動けばいいですか！」

「アンドーは自分の身を守ってろ！　戦えるのは知ってるが、連携の訓練をしてないからな！」

俺はオリアナに聞いたつもりだったが、返事は隊長であるオーレルからあった。

目の前に迫る強力な魔物に対し、俺一人だけ戦わないというのは歯がゆいものがあるが、仕方がない。オーレルの言うことは正しい。連携の訓練をしてない俺が入ったところでろくに役に立たないどころか、むしろ邪魔をすることになりかねない。

そうして討伐隊が準備をしていると、森の奥からガサガサと音を立てながらそれは現れた。

その姿は異様の一言だった。

緑色の毛で覆われた胴体から猿の頭と手を生やしている魔物だ。

それだけ聞くと普通に思えるかもしれないが、それしかないのである。

緑色の猿の頭。これはまあいい。色は変だが、この辺りの魔物は全部そうらしいから問題ない。

問題になるのは手だ。猿の頭のすぐ下に胴体があり、そこから八本もの腕が生えていて、足が無かったのだ。

魔物はその八本の腕を蜘蛛《くも》のように使い、木々の間をぬって近づいてきた。

「チッ、『腕蜘蛛《うでぐも》』かよ！　総員陣形を組め！　絶対に掴《つか》まれるなよ！　訓練通りにやれば問題はない！」

オーレルの号令で、機敏に動き戦い始める討伐隊の面々。

俺はやることがないので、少し離れた場所で周囲に探知を広げながら見ていた。側《そば》にはオリアナを含め、数人が戦わずに待機している。

残っている全員が戦いたそうにうずうずしているけど、全員が戦うわけにはいかないんだろう。周囲の警戒もそうだが、何かあった時の交代要員として待機しているのだと思う。俺が城にいた時も、騎士たちが同じようなことをしていたからな。

「すみません。あの魔物はなんですか？　『腕蜘蛛』って呼ばれていたと思いますが、どういったものか教えていただいても？」

俺は邪魔になるかもしれないと思いながらも、討伐隊の戦いを見ているオリアナに話しかけた。

俺の頭には、勇者召喚をした城の魔術師の爺《じい》さんの知識がある。しかしその知識の中には、あの魔物は存在していなかった。おそらくこの辺りにしかいないか、少なくとも王国には存在していない魔物なんだろう。

「構いませんよ。あの魔物……正式な名前は別にあるのかもしれませんが、私たちは腕蜘蛛と呼んでいます。その特色は、名前にある通り『腕』の力です。掴まれれば、逃げることはできません」

オリアナは腕蜘蛛と戦う討伐隊から目を離さずに話を続けるが、その手には武器が握りしめられ、いつでも出ていけるようになっていた。

「蜘蛛、と呼んではいますが、糸を吐き出すことはありません」

蜘蛛と呼びながらも蜘蛛としての能力は持たないっていうことは、腕蜘蛛っていうのは見た目からとった名前か。まあ、蜘蛛に見えないこともないか。

「――代わりに見えない腕を伸ばします」

「え？　……腕、ですか……？」

腕を伸ばすというのはどういうことだろうか？　それも、見えない腕、というのは。

まさか、腕が透明化《とうめいか》して伸びるんだろうか？

「はい。アンドーさんのお気づきの通り、この辺りは風の魔力の影響を受けた魔物が多くいます。腕蜘蛛もそうです」

「……『風』で形成した見えない腕を作る魔術を使う、といったところですか……」

なるほど。腕自体が伸びるわけでも透明化するわけでもなかったか。

「その通りです。その攻撃が見えない故《ゆえ》に、常に慎重に戦わなければならないので、どうしても時間がかかってしまうのです」

ん？　見えないんだったら、避けられないだろ。時間がかかるとかいう話じゃないと思うんだが。

「……見えない腕、と言いましたが、どうやって避けるのですか？」

「いくつか方法はありますが、そうですね……まずは空気の揺らぎを感じることでしょうか。腕を伸ばすといっても、その速度は大して速くはありません。ですので異変を感じて避《よ》けることができます。あとは、その見えない腕は本物の腕を向けた方向にしか伸ばせないので、腕を向けられたらとにかく動き回ることで回避できます」

なるほど、討伐隊の奴らが時々変な動きをしているのはそのせいか。何も知らないまま見ていれば戦いの最中にふざけているようにしか見えないな。

戦闘が始まってから、数十分が経過した。

腕蜘蛛は自分の近くを動き回る討伐隊の面々を捕まえようと、腕を振り回している。

何度か腕蜘蛛の魔力が高まることがあったから、多分その度に魔術の腕を伸ばしていたんだろうと思う。だがそれでも誰も捕まることはなかった。

まあ、獣人の身体能力をもってすれば、油断しない限りは大丈夫だろうな。

いくら腕を伸ばしても捕まえられないことに焦《じ》れたのか、腕蜘蛛は側にあった木を力任せに引っこ抜き、そのまま振り回す。

流石に攻撃範囲が広すぎるのか、避けきることのできない者も何人かいたが、致命傷《ちめいしょう》というわけではない。精々が吹き飛ばされて木や地面に打ち付けられるだけだ。

攻撃を受けた者は一旦《いったん》後ろに下がって、手当てをしてから戦線に戻っている。

だがそれでも、まともにくらってしまえば、いくら人間よりも頑丈な獣人であっても、大怪我は免《まぬが》れない筈だ。

だからどうしても慎重になってしまい、時間がかかる。

しかし、こういった森では戦闘の時間がかかるほど危険は増していくものだ。

それを証明するかのように、腕蜘蛛と戦う討伐隊の背後を突くかたちで魔物の群れがやってくるのが探知に引っ掛かった。

「っ‼」

それを認識した瞬間、俺はオリアナに警戒を促す。

「オリアナ！　魔物の群れがやってくる！」

「っ！　……それは確かですか？」

言葉遣いなど気にしている場合ではない、急いで伝えなければと声を荒らげたのだが、オリアナは周囲に視線を巡らせつつ、疑うように尋ねてきた。

まだ遠いので、分からなくても仕方がないか。俺は内心苛立《いらだ》ちながらも頷き、魔物を探知した方向――腕蜘蛛が現れた、さらにその奥を指で指す。

「あっちから、数は二十くらいだ」

俺がそう言うと、オリアナは顔をしかめてそちらの方角を睨《にら》んだ。

だが、魔物の存在を感じ取ることができなかったのか、口元に手を当てて考え込む。

おそらく俺を信じて移動するか、この場所に留まるか考えているんだろう。

しかし、移動速度からすると悠長《ゆうちょう》にしている時間はない。

「……あなたが動かなくても俺は行きますよ」

「待ってください……私たちも行きます」

その表情からは、今ひとつ俺のことを信じきれていないが、放っておくわけにもいかないという思いが透けて見えた。

だがこの場ではそんなことはどうでもいい。今大事なのは、迫ってくる魔物を、腕蜘蛛と戦う討伐隊の面々に近づけさせずに済むか、ということだ。

俺はオリアナと予備戦力として待機していた者たちと共に、戦っている討伐隊の邪魔にならないように、少し大回りして魔物の通り道となるであろう場所に移動する。

「――!? これは……!」

その場所で俺が剣を抜き構えると、オリアナもやっと気づいたようでビクリと反応している。

「どうやら本当に魔物が来ていたようですね……疑って申し訳ありませんでした」

「いえ、外からやってきた人間をいきなり完全に信用することなど、できなくて当然でしょう」

「……」

俺の言葉に思うところがあったらしく、オリアナは少しだけ顔を俯ける。

が、今はそんな時ではない。

「来ますよ」

俺がそう言うと、オリアナはハッとしたように顔を上げた。

そして思考を切り替えたのか、武器を構えると戦っている討伐隊《オーレルたち》の方を向く。

「オーレル！　こちらから魔物が迫ってきていますが、私たちが対処します！　あなた方は気にせずその腕蜘蛛を倒してください！」

おう！　とオーレルが返事した直後、何かが衝突したような音が聞こえ、一拍《いっぱく》遅れて腕蜘蛛の絶叫が響き渡った。

チラリと見てみると、どす黒い緑色の液体を撒《ま》き散らしながら腕蜘蛛が暴れている。

その液体は腕の一本があった場所から流れている。オーレルが切り落としたんだろう。

「……すごいな」

純粋にそう思った。あれだけの魔物の腕を切り落とすなど、俺にはできない。

そして俺たちがそれぞれ準備を整えたところで、前方から魔物の群れがやってきた。

腕蜘蛛のような強敵が一体いるのではなく、こちらよりも個体数が多い雑魚《ざこ》の群れだった。しかし雑魚《ざこ》とはいえ、一体も逃さないようにするのはなかなかに骨が折れる。

が、やるしかない。今邪魔が入れば、討伐隊はやられてしまうだろうから。

「皆さん、準備はいいですか？」

オリアナの問いに、ついてきた数人の討伐隊が返事をする。

「一体も後ろに通してはなりません。それでは――いきます！」

オリアナは手を上にあげ、号令と共に振り下ろした。

「潰れなさい！」

彼女の言葉に従うかのように、迫ってきていた魔物たちは足を折り頭を地面に擦り付けた。

……重力？　……いや、ここの人たちは髪が緑だから適性は風系統の筈だ。なら風で上から押しつぶしているのか。

オリアナの魔術は、それ自体には魔物を潰すほどの力はないようだけど、足を止めるには十分だったみたいだな。

オリアナに続いて、討伐隊からも魔法が飛ぶ。

風の球。風の刃。風の槍《やり》――見事に風系統の魔術ばかりだけど、その威力は申し分ない。

迫ってきていた魔物は、動けなくなったところを魔術で仕留められていった。

何体かはオリアナの魔術の拘束から逃れたようだけど、それは俺が近づいて切っていく。

前に魔族と戦った時に『収納』した魔法の残りがあるけど、あれは炎だから森の中では使えない……まあ、森の中でなくとも人前で使う気は無いが。

そうして一体も討ち漏らしを出すこともなく倒し、討伐隊の本隊の方に戻る頃《ころ》には、既に腕蜘蛛も死にかけていた。

俺たちが戻って少ししてから、ドスンと地響きを立てながら腕蜘蛛が倒れ込む。

「うおおおお！」

「「「「うおおおおおお！」」」」

オーレルが武器を掲げて勝鬨《かちどき》をあげると、それに続くように討伐隊の面々も叫んだ。

「うおおおおお!!」

……こんなこと言ったら空気が読めてないと思われるかもしれないけど、うるさい。

勝ったのが嬉しいのは分かるけど、もう少し静かにできないのだろうか？

それに、また声につられて敵が来るとか考えないのか？　……考えないんだろうな。

「静かにしてください。まだここは森の中ですよ」

オリアナがそう言った途端、ピタリと声は止んだ。討伐隊の声にかき消されてしまいそうな彼女の声は、しっかりと届いたようだ。

というか、そう言われて止まるぐらいなら最初から静かにしとけよ。

そんな風に思っているとオーレルが近づいてきた。

「お疲れさん。さっきは助かった。おかげで挟撃《きょうげき》されずに済んだからな」

「気にしなくていいさ。それが予備戦力の役目だろ」

「そうか。だが、それでも感謝するよ」

オーレルに頷き、オリアナも口を開く。

「そうですね。悔しいですが、私たちが魔物の気配に気づいてからでは、手遅れになっていたでしょう。ですので、私からも感謝を。それと、改めて謝罪をさせてください。先ほどはあなたを信じきることができずに申し訳ありませんでした」

俺としてはそんなことは気にしていないんだけど、謝りたいっていうなら素直に受けよう。

「謝罪をお受けしますので、もう気になさらないでください」

「なんだ？　お前なんかあったのか？」

俺たちの間に何があったのか知らないオーレルはオリアナにそう聞き、オリアナは少し恥ずかしそうに何があったかを告げる。

「――ハハハッ！　確かにそりゃお前が悪いな。いくら人間だからっていっても、アンドー殿はイリンを里に連れて来てくれた恩人だ。それに、今は共に戦う仲間でもある。戦いの最中に仲間を疑うのはまずいだろ」

オーレルの言葉に、オリアナは気を落としてわずかながら俯いてしまった。

「それに、そんなに心配すんなよ。どうしても邪魔になるような奴なら俺がなんとかしてるさ……ただまあ、俺も突っ走りすぎることがあるからな。なんでもできるってわけじゃない。だからお前はこれからも俺を助けてくれ」

そう言ってオーレルはニカッと笑いかけ、オリアナはそんなオーレルに顔を赤らめ小さく「……はい」と返事をした。

……なるほど。この光景を見れば、いい加減に見えていたオーレルが隊長を務めるのにふさわしいカリスマがあったのだと納得できた。

だが、独り身である俺に見せられても困る。正直殴りたい。

とりあえず、この桃色の空気をぶち壊して話を進めよう。

俺は咳払《せきばら》いをしてから二人に話しかけた。

「……これからどうする？　さっきの魔物の出現に驚いてたようだけど、このあたりにいない魔物なのか？　だとしたら、調査とか里への報告とか必要じゃないのか？」

「……そうだな。いないってわけじゃないけど、確かにこの辺だと珍しくはある」

「ええ、腕蜘蛛はもっと森の奥の方で見られる魔物ですが、この辺りに絶対に出ないというわけでもありません……ただ、その後の、私たちが倒した魔物の群れが気になります」

「あの中にも珍しい魔物が？」

「いえ、そういうわけではありません……あの魔物の群れが、腕蜘蛛に追われて私たちの目の前に現れたのだとしたら、問題はありませんでした。強敵に追われて逃げることも、獲物を追いかけて普段の行動から外れることも自然なことですから……ですが実際には逆。本来捕食者である筈の腕蜘蛛が先に来て、被捕食者である魔物の群れがその後を追ってきました。そこにはなんらかの理由があると考えられます」

なるほど。そう言われてみれば、おかしいとはっきり分かる。

討伐隊の隊長としてはどんな判断をするのか、とオーレルのことをチラリと見ると腕を組み、目を瞑《つむ》っている。

数秒後、オーレルはパチリと目を開け口を開いた。

「調査しよう。今から調べるとなると予定の帰還時刻を過ぎるが、仕方ないだろう……アンドー殿はどうする？　一応里にも伝令を出すから、その者と共に戻るか？」

「……いや、俺もこのまま同行させてもらいたい。ダメだろうか？」

まだしばらくは里に厄介になるんだから、問題は早いうちに潰しておいた方がいい。

それに俺がいる間は問題がなかったとしても、出ていった後も里のことを心配し続けているとなると精神衛生的に悪い。

だから問題がありそうなら、せめて一度くらいは確認をしておきたかった。

「構わないぞ。正直手は多い方が助かるからな！」

それだけ言うとオーレルは振り返り、休憩している討伐隊の面々に説明し始めた。

行く手を阻《はば》む草木を掻き分けて、俺たちは無言で進んでいく……が、まずい。そろそろ辛くなってきた。

俺たち、と言ったように、周りには討伐隊の者たちがいるが、獣人である彼らの速さについていくのはかなりきつかった。何せ、調査のために急いでいるのか、先ほどまでよりも進行速度が速い。

この程度なら問題はないと思ってたんだが、なかなか思った通りにはいかないようだ。

オーレルから説明があった後、討伐隊は機敏に動き準備を始めた。先ほどまで何十分も戦っていたことを思えば、その体力は底なしなのかとすら思える。

そんな辛い状態だったが、それもとうとう終わりを迎えた。あまり望ましくない形で、だが。

「――!!　待てっ！」

走りながらも前方に広げていた探知に何かが引っかかったため、側を走っているオーレルに聞こえる程度の声を上げ、討伐隊の進行を止めてもらう。

「どうした。何か分かったか？」

オーレルが問いかけてきたが、俺はその言葉には答えずに正面を睨みつける。

「……十……二十……四十……百？　なんだこれ……」

「どうしたんだ？」

止まったところで改めて詳しく調べてみたところ、驚きの結果が分かった。

感じられる反応は無数。うち、強力な気配は二十ほど。

俺はそのことをオーレルに伝える。

「……まずいな」

だよな。どう考えても異常でしかない。

「撤退する。すぐに里に戻り、長に伝えよう。その後はおそらく防衛、もしくは移動の準備をすることになるだろう」

移動というのは、前に聞いた里ごとの移動のことだろう。

「行くぞ！」

オーレルの号令で、素早く、しかし静かに移動が始まり、俺は置いていかれないように、疲れている体に身体強化の魔術をかけて、なんとかついていった。


「……それは確かなのか？」

俺は今、疲れきった体に鞭《むち》を打って、里長であるウォルフに説明に来ている。

会議室で椅子《いす》に座っているからまだいいけど、立ったまま報告しろなんて言われたら、その場に座り込んでいたかもしれない。それぐらい疲れていた。

ウォルフの懐疑的《かいぎてき》な言葉に、オーレルが頷く。

「俺が直接見たわけではありませんが、アンドー殿が言うにはそのようです」

おい待て。その言い方じゃ何かあった時に、いや、何もなかった時にか？　――とにかく俺に責任が来るじゃないか。

「……お前が見たものに間違いはないのか？」

俺の探知は遠くものを見ているわけじゃないんだが、訂正する必要はないし、まあいいか。

「見た限りではそうだな」

「数は百を超え、そのうち二十は強力な魔物か……」

「強力っていうのが今日出くわした腕蜘蛛ぐらいの強さならその通りだな」

眉《まゆ》を寄せて唸《うな》るウォルフに注釈《ちゅうしゃく》を入れると、ウォルフは睨むようにこっちを見てきた。

「内訳は分からないか？」

「……おそらく腕蜘蛛が五、巨大な蛇が四。後は四足の獣系の魔物だな」

「そうか……」

「失礼ながら長。その者の……アンドーの言葉は信用できるものなのですか？　オーレルでさえ気づけなかったのでしょう？」

側近からウォルフにかけられた声は俺の探知結果を疑うもので、何人かが同意するように頷く。

そこには、自分たち獣人が分からなかったのに人間に分かる筈がない、という意味がこめられていると思えた。

まあ身体能力ではあっちの方が上だし、そう思われても仕方がないか。

しかしウォルフはこともなげに言う。

「あ？　信用できるさ。少なくともこいつに限ってはな」

「……その根拠《こんきょ》をお教え願いたい」

側近の言葉に、ウォルフは俺に顔を向けた後、ニヤリと笑ってから顔を戻した。

……あ、これ何かやらかすな。

自然とそう思い、遮《さえぎ》るために立とうとしたが、少し遅かった。

「だってこいつ、『勇者』だからな」

「「「なっ!?」」」

俺は立ち上がりかけた体をストンと落とし、天井を見上げる。

……やってくれやがったよ、こいつ。

再び座った俺とは相反するように、俺を疑っていた者たちが立ち上がり、それぞれが武器に手を添えた。が……

「座れ！」

ウォルフの一喝によって、それ以上の動きはできなかった。

「で、ですが長！　勇者といえば、人間以外の種族の排除を目的とした、あのハウエル王国が呼び出した者。そんな者を信用できる筈がありません！」

「そうです！　それに本当に勇者なのかも怪しいではないですか！」

立ち上がった者たちはその通りと頷き、座っている者でも本当に俺のことを信じてもいいのかと迷いを見せている。

「だが、勇者かどうかはともかく、アンドーの無実は決闘によって保証されている。お前たちは決闘で決まったことに文句があるってのか？」

そう言われてはそれ以上何も言えないみたいだが、お互いに顔を見合わせて何かを言いたそうにしている。

「はあぁ～……仕方ねえ。おい、アンドー。なんかねえか？　お前が勇者だと信じさせることができて、なおかつ王国に関係ねえってことを」

「……ないわけじゃないが、『絶対に信じられる』ってほどのものでもないな」

「別にそれで構わねえ。決闘で勝ったお前がそこまでしてんのに信じられないようなら、それはそいつの勝手だ。お前に対して何かしようものなら、そいつは掟破りになる」

「それは……いや、いい。俺は自分が王国の手先じゃないってことを証明すればいいんだろ？」

「おう！」

俺は収納の中に入っていた王国の宝物庫から持ってきた宝を見せる。

「これは王国の宝物庫の中にあった宝の一つで、嘘を感知できる物だ。これを使えば俺が嘘をついているか分かるだろう？」

あってよかった嘘感知の魔術具。

諜報系《ちょうほう》？　と言えばいいのだろうか、こういう類《たぐい》の魔術具は、王城でも普通に見かけた。もちろんそうとは分からないように偽装してあったけど。

これは対象の嘘を見抜くことができるだけでなく、質問に対して嘘をつけなくさせる魔術がかかっている。その上、その者が姿を偽装していないかも確認できる優れものだ。

まあ、今は姿に関する方は関係ないが。

「ほお〜、そんなもん持ってたのか。嘘感知なんて魔術具は一般には出回ってない筈だが、持っているとなると勇者というのに信憑性《しんぴょうせい》が出るな」

「……ですがそれが勇者であるという保証になるわけではありません。出回っていなくとも、手に入れる方法がないわけではありませんから」

「まっ、そうだな。でも使えば分かんだろ。まずはその魔術具が本物かの確認のために俺が――」

ウォルフが実際に使ってみようと手を伸ばしたところで、後ろに控えていたウォルフの妻の一人が止める。

「いけません！　もし毒でも塗ってあったらどうするつもりですか！」

「んなもんねぇさ。それにもしあったとしても気合いでなんとかしてやらあ」

「……確認は私どもでします。あなたは見ていてください」

心なしか落ち込んだ様子で伸ばした手を下げるウォルフと、魔術具の確認をしていくウォルフの妻たち。ウォルフの奴、自分で試したかっただけだろうな。

「……確認できました。これは本物のようですし、毒はありませんでした」

しばらくして、妻たちがそう言ってウォルフに魔術具を手渡す。

ウォルフはほらな、と言いながら、俺を対象にして魔術具を起動させる。

「さてっと。じゃあ質問をする——お前は王国で勇者として召喚された者か？」

「そうだ。俺は異世界から勇者として王国の奴らに呼び出された」

ん。確かに嘘がつけないな。

ちょっと試しに誤魔化《ごまか》しの言葉を口にしようと思ったけど、思った通りに口が動かなかった。

この魔術具は使ったことなかったけど、使われるとこんな風になるのか。

でもこれ、そこまで勝手がいいわけでもなさそうだ。聞かれたことにしか反応していない。

どういうことかというと、今の問いであれば、俺が「そうだ」と言った時点で魔術具の効果は切れている。後の言葉は単なる俺自身による補足でしかない……まあ、そこで嘘をついたら、嘘感知の効果が発動するんだろうけど。

集まっていた者たちがざわめくが、それを無視してウォルフは進める。

「じゃあ次だ――お前は勇者として活動する気はあるか？」

「ない。王国の奴らの人間至上主義は好きじゃないからな」

そう答えると今度はざわめきが幾分か収まった。

「――俺たち獣人に何か思うところはあるか？」

「ある」

再びざわめき始める会議場。

「うるせえ！　――その内容は？　俺たちに何を思っている？」

だがまたもウォルフの一喝で静まる。

……できれば聞かないで欲しかったその質問。

だが今の状況では仕方がない。聞かれるのも当然だろう。

そして、答えるしかなかった。だって言わないと誤解されたままになるし……

「俺は……お前たちの耳が気になってる」

「は？」

「俺はお前たちみたいな獣人の耳と尻尾《しっぽ》を触ってみたいと思ってたんだよ」

……ああぁぁぁ。言ってしまった……言いたくなかった……

見ろよ。こいつらのポカンとした顔。頭の中には、まさに「え？」という言葉しかないだろう。

……白状すると、俺はケモミミが好きだ。正直、獣人の耳とか尻尾をもふもふしたい。できれば自分にも欲しかったくらいだ。

イリンに初めて会った時も内心かなりテンション上がってた。

あの時は緊急事態だったし、王国の奴らに捕らえさせるわけにはいかなかったからすぐに逃がしたけど、できることなら触ってみたかった。

次に森に行った時も、自分で逃しておきながらまた会えないか、なんてちょっと期待していた。

……だって仕方がないだろ！　あんなもふもふしたものがあったら触りたくなるじゃないか！

それが美少女ならなおさらだ……ああでも、男はいらない。

きっと俺でなくても、日本人なら半分くらいは分かってくれると思う。

何せあっちの世界には獣人なんていなかったし。こうして異世界があるくらいだから、もしかしたらファンタジーな存在がいたのかもしれないけど、少なくとも俺は知らないし。

だから俺が獣人たちの耳と尻尾を触りたいと思ってもおかしくはないのだ。はい証明完了！

……というか、なんだこれ……めっちゃ恥ずかしい。なんだよこの拷問《ごうもん》は。

俺の言葉の意味を呑《の》み込むことができたのか、ウォルフは震えながら俯いてる。

あれ、絶対笑いを堪《こら》えるのに必死になってるだろ。

「……え、えっと、それは……その……」

なんとか話を進めようとしたウォルフの妻たちもフォローに失敗しているし、先ほどまでの険《けわ》しい表情とは違って、何と言えばいいのか、みたいな顔をしている……だから言いたくなかったんだよ。

「ククク……」

そんな中、一人だけ笑い出したウォルフに視線が集まった。

「これでアンドーが信用できると分かったと思うが？　……ククッ」

必死に表情を取り繕おうとして失敗したような顔でそう言ったが、笑いを抑え切れなかったのか最後に笑いが漏れていた。

俺が原因ではあるが、俺は悪くないだろう。

悪いのはこんな状況を作り出したウォルフであり、俺のことを信じきれずに騒いでいた奴らだ。

……そしてとりあえずウォルフを殴りたい。

「ま、まあアンドーさんが敵ではないのは確かかね……」

そう言って話を真面目な方向に戻そうとするウォルフの妻が女神に見える。

「……そうですな……彼のことは信用できるようですし、話を戻しましょう」

名前は分かんないけど、会議室にいた一人がそう言うと、皆姿勢を正した……顔はまだ微妙なままだったが。

「ククッ……」

スパン！　と未だに笑っていたウォルフの頭がはたかれる。

ウォルフははたかれた頭を押さえながら後ろを振り向くが、当の叩《たた》いた本人である妻は、「早く話を始めろ」とウォルフのことを睨む。

それによって、ようやく話し合いが再開した。

「あー、それじゃあアンドーのことが信用できたようだし話を始めるか……クッ」

スパン！　と再びウォルフの頭がはたかれる。

「……まずは森の奥に魔物の集団がいるという前提で話そう。いなかったらそれはそれでいいわけだしな」

ウォルフが会議室を見渡すと、全員が同意を示すように頷く。

「で、その対応をどうするかだが、大物が二十、小物が最低百……何か意見はあるか？」

腕組みをしつつ椅子にふんぞり返り、偉そうにしながらウォルフが尋ねる。

その様子を見るに、緊急と言いつつもウォルフはさほど焦っていない風だが、周りは緊張したり、焦っていたりしているようだ。

これはウォルフの気質のせいか？　生き残るために対処はするが、襲われたならそれはそれで仕方がないとでも思っているのだろうか？

「まずは詳しい情報を集めるべきでは？　魔物の種類によって対応を変えなくてはなりませんし」

「まあそうだな。だが、現在分かっている情報で判断するならどうする。戦うか、逃げるか」

ウォルフが意見を求めると、すぐさま一人の青年が立ち上がる。

「戦おう！　そのための討伐隊だ！」

「だが、現実的な問題として倒すことができるか？」

「なんの抵抗もせずに逃げたとして、移動した先でまた襲われないという確証はない筈だ！」

「確かにその通りではあるが、倒せる確証もないのでは？」

「……結局、今まで通りいつでも移動できるように準備をしておき、戦って倒せるようなら倒すしかないのではないか？」

青年以外の面々は、早々にそう結論付ける。

というより一応聞いたけど、既にどうするかはマニュアルができているんだろうな。何度も経験しているって聞いたし。

「何を弱気な！　最後まで戦うべきだ！」

だが、最初に戦うべきと声を上げた青年だけは、もう話し合いは終わったという雰囲気をぶち壊して声を上げた。

周りの冷ややかな反応を見る限り、徹底抗戦というのはこの青年だけの考えのようだ。

「まあ落ち着きなさい。戦い自体を否定はせんが、今回我々が戦うのは種の存続のため。生き残る方法がそれしかないのなら最後まで戦うが、全滅の危険があるのなら避けるべきだ」

「お主の勝気は買うが、これはお主個人の戦いではないのだ。最も多くの命を救うために行動せねばならない」

周りにいた大人たちに窘《たしな》められ、青年はぐっと歯を食いしばって黙った。

「話は終わったな。じゃあ討伐隊は連続での活動になるが、場所を把握している一班が調査をやれ。ただし深追いはするな」

「はい。分かっています」

「討伐隊の二班は、事前に決めてあった里の移動予定地の安全確認をしろ。確認だけしたらすぐに戻ってこい」

「はっ！」

「他の奴らは移動と戦いの準備だ。魔物の大軍が里まで来るのが、今日これからかもしれねえんだから急げよ——解散！」

ウォルフがそう言うと、集まっていた者たちは全員が素早く行動を始めた。

先ほどの青年も不満げではあったが行動に移っていったようだ。

「……俺は何かした方がいいのか？」

「あ～、お前はどうすっかなぁ。準備を手伝えるってわけじゃねえし……」

貴重品なんかの場所を俺に教えるわけにはいかないし、そもそも何をすればいいのかも分かっていないんだから、邪魔にしかならないだろう。

スキル『収納』を使えば家を含めて里の全てを移動させることもできると思うが、そこまではする必要はない筈だ。この里の連中を信じてはいるけど、あまり自分の能力をバラすつもりはないし。

「とりあえず、監視でもしててくれや。魔物が来たら分かんだろ？」

「まあ、できなくはないが……いつ来るかも分からないのに一日中はできないぞ？」

「じゃあ気が向いたらできる時にやってくれ。元々お前は里にいない戦力だったわけだしな。それで十分だ」

ウォルフはそう言って立ち上がり、手をひらひらと振りながら、ゆっくりした足取りで去っていった。

「ウォード、何かやることはあるか？」

結局俺はやることがないので、里の滞在中に泊めてもらっているイリンの家に戻り、イリンの父でありウォルフの弟でもあるウォードに相談することにした。

「俺は収納魔術が使えるから、物を移動させるには便利だと思うぞ」

「ん？　……ああ、そういえばなんか色々出したりしてたな」

ウォードは少し考えた後に、大きな毛皮を指差した。

「じゃあこれを頼んでもいいか？　置いていこうと思ったんだが、できれば持っていきたくてな」

「分かった……ところでこれは何の毛皮なんだ？」

「これか？　これは腕蜘蛛のだ。俺が初めて一人で腕蜘蛛を狩った時に服を作ったんだが、その余りだな……あの時は大変だった」

そう言って、当時に想いを馳《は》せるように遠い目をするウォード。どこか目が虚《うつ》ろな気がしないでもないが、色々あったんだろう。こういうのは触れないのが優しさだ。

「あら、ウォード。随分《ずいぶん》と部屋がスッキリしたわね」

そんな話をしながら、居間にあった物をあれこれとしまっているうちに、自分の荷物の整理をしていたイリンの母親——イーヴィンがやってきた。

俺が収納魔術で荷運びを手伝っているのだと言うと、イーヴィンは顔を輝かせた。

「そうなの……アンドーさん。私の荷物もしまってもらえないかしら？」

ウォードはともかく、女性であるイーヴィンは俺に荷物を渡したりしてもいいんだろうか？

「別に構わないでしょう？　そのうちイリンと結婚したら家族になるわけなのだし」

俺が微妙な表情をしていると、イーヴィンがあっけらかんとして言うが、俺にそのつもりはない。

「……俺はイリンとは――」

「ええ、分かっているわ。これは私がそう思ってるというだけ。アンドーさんは好きにすればいいわ……でも、イリンは手強《てごわ》いわよ」

それは知っている。なにせ俺についてくることになった状況が、もう既に普通じゃなかったから。

でも……

「三年も経てば俺のことなんて忘れるでしょう」

「そうかしら？」

「……そうですよ」

イーヴィンはそれ以上何も言わないで、にこりと微笑《ほほえ》んでいるだけだった。

その後はウォードとイーヴィンだけじゃなくて、ウォードのもう一人の妻であるエーリーに、イリンとその兄二人――エルロンとエーギルの荷物まで収納することになった。だが唯一、イーラだけは頑《かたく》なに、俺に荷物を預けようとはしなかった。

それでもあっという間に、準備は進む。

「予想以上に早く終わったな」

「まあアンドーさんがいたからこそなのだけれどね」

「そうね。ありがとうございます。アンドーさん」

「いえ、この程度ならいくらでも構いませんよ」

イーヴィンとエーリーは俺に感謝の言葉を言ってきたが、この非常事態に俺にできることなんて他にないのだ。この程度なら、いくらでも任せてくれて構わない。

「それにしてもアンドーが勇者だったなんて驚いたぜ」

「そうだなぁ。前に聞いた『勇者』には程遠いからなぁ」

準備を終えるとイリンの兄二人がそんなことを言いながらこっちに近いて来た。

「勇者に会ったら全力で警戒しろって言われてたんだぜ？」

「会うどころか、なんかの用で町に行った時は、噂《うわさ》を聞いただけでもすぐに逃げろって言われてたくらいなのに……警戒して損したよ」

「ははっ。まあ、そういう王国の『勇者』らしい行動が嫌いだから逃げてきたんだけどな」

この二人とは、イーラと違ってそれなりに仲良くなったと思える。少なくともこうして気軽に話し合える程度には。

「はあ……あなたたち。アンドーさんは大丈夫だけど、他の勇者に会ったら今まで通り警戒するのよ？」

二人の母親であるエーリーがため息混じりにそう言うが、二人は生返事をするだけだ。

「……はあ」

エーリーが再びため息を吐《つ》いたかと思うと、ゴンッという音がエルロンとエーギルの頭から響いた。

「「いっ……！」」

「今のを避けられないのなら、油断するのはやめなさい」

少し目を離しただけだというのに、いつのまにか二人の後ろにエーリーの姿があり、その手には鞘《さや》に収められたままの短剣があった。多分あれで二人の頭を叩いたんだろうな。

イリンもこんな風に、音を立てずいつのまにか移動していることがあったけど、この一家の得意技みたいだ。

なんていうか……あれだな。この『一家の』なのか、この『種族の』なのかは分からないけど、とにかくヤバイとしか言えないや。

「……でも、今のは不意打ちだったじゃないか。まともに戦えば避けられる」

エルロンが母親の言葉に反発してそう言い、エーギルも同意するかのように頷く。が……

「実際に敵が来る時、わざわざ正面から来ると思う？　どんな時でも対処できないのなら、油断する資格もないの」

エーリーはそんなことは関係ないと、説教を始める。

「それと相手の実力を見極める目を鍛えなさい。あなたたちじゃアンドーさんにも勝てないわ」

そんな母親の言葉に、二人は何言ってんだ？　人間なんかに負ける筈がないだろ、とでも言いたげな表情をする。

その表情を見て、俺は気づきたくなかった、とあることに気がついた。

俺は二人と仲良くしていたんじゃなくて、仲良くしてもらっていたのだ。

ひとえにそれは、俺がイリンを助けた『お客様』だから。

この二人もウースなんかと同じように、自分たちの方が強いんだと思い、種族的に弱者である人間を下に見ているんだろう。それが分かってしまった。

「まったく……この里でアンドーさんを殺せる人はいないわよ」

「「は？」」

そんな風に息子たちが考えていることなど最初から分かっていたように、エーリーが更に言葉を重ねるが、二人は疑わしそうな視線でエーリーと俺を交互に見ている。

「……何言ってんだ。親父や長なら勝てるだろ？　俺だって……」

「無理よ——でしょう？」

エーリーは少しだけ悲しげな、申し訳なさそうな表情で俺の方を向いて確認をする。

確かに俺はウォードやウォルフと戦ったとしても負ける気はしない。その息子ならなおさら。

「……まあ、死なないだけなら問題ないけど――」

俺がそう言った途端、収納スキルが発動して何かを収納したのを理解した。

収納スキルは、俺が意図せずに何かが一定以上の威力で触れた場合には自動で発動し、それを収納するようになっているのだが、それが発動したようだ。

収納が発動した場所は俺の腹部。見下ろしてみるが、当然ながらそこには何もない。

何か違いをあげるとしたら、目の前、少し離れた場所に立っているエーリーが、さっきまでとは違う体勢をとっていることくらいか？

俺は何を収納したんだ？　……これか。

眉を寄せながらも収納したばかりの物へと意識を向ければ、それは短剣だった。

なんでこんなものがと思いながらも収納から取り出すと、鞘付きのその短剣はなんとなく見覚えがある。

「どう？　これで分かったでしょう？　アンドーさんはあなたたちよりも強いのよ。その実力も見抜けないのに、そんなに油断していたら……すぐに死んでしまうわよ」

その言葉と微妙に変わっていた体勢から察するに、どうやら今の短剣は、息子二人に俺の力を教えるために、エーリーが投げたもののようだ。

確かによく見ると、エーリーの手にはさっきまであった短剣がなくなっていた。

絶句。まさにそれ以外の言葉が思いつかないような表情を見せた兄弟の姿がそこにある。

俺としては勝手に発動したスキルに守られただけだが、そんなことを知らない二人は、俺が飛んできた短剣を無傷で回収したとでも思っているんだろうな。

「そういうわけだから、警戒は常に怠《おこた》らないようにしなさい。準備は本当にしっかりできているの？　装備の手入れは？　薬や道具の補充は済んでいるの？　他に……」

「あー、分かってる！　分かってるよ！　もう一回確認してくる」

「お、俺も！」

少し気落ちした様子だった二人は、これ以上のお小言は聞きたくないとばかりに逃げるようにして居間を出ていった。

エーリーはその二人の背中を見送った後、少ししてからくるりと俺の方を向く。

「……ごめんなさいね」

「……構いませんよ。子供を思う親心というやつでしょう？」

鞘付きとはいえ、突然武器を投げられたことに言いたいことがないわけでもないが、彼女の気持ちは一応理解できるので何も言わない。

「……あの子たちは魔物の襲撃を経験したことがないから心配なの」

魔物が襲ってきても生き残って欲しいという想いからの行動について、被害を受けたわけでもないのだからとやかくいうつもりはない。俺としてもイリンの兄には生き残って欲しいしな。

「それ以外にも、あの二人の態度のこと……」

「そっちは、まあ、実際に目の前で力を見せたわけではありませんし、力を重視する獣人にとって人間という種は弱者でしょうから仕方がないかと思いますよ」

「……ありがとう」

気を遣わせないために軽く答えたつもりだが、それに気づいたエーリーは、照れ臭そうに顔を赤らめ、はにかむように笑みを浮かべた。

「それにしても、あの子たちの考えなしなところはウォードに似たのかしら？」

「どう考えてもあなたでしょうね。エーリー、あなた昔からよく考えないで行動することが多かったじゃない」

それまで黙って成り行きを見守っていたイーヴィンが、呆《あき》れた風にそう言うと、エーリーは苦笑する。

「……そうだったかしら？」

だがそれ以上何も言わないところを見るに、どうやらあの二人はエーリーに似ているらしい。

——その二日後、俺の探知の中に魔物の集団が侵入した。

「――っ‼」

それは夜明けと同時だった。

奇襲に遭わないようにできる限りこまめに探知を行なおうと思い、寝る時以外はほとんど広げていた探知の中に魔物の集団が入り込んだのだ。

俺は慌ててウォルフのところに報告に行こうとしたが、部屋を出たところでウォードに出会った。

「どうしたんだ？　そんなに慌てて……まさか、来たのか？」

何が、とは言わずとも、魔物の襲撃のことを指していると判断し、俺は頷く。

「ああ、先頭に蜘蛛が。その後ろに雑魚の群れだ」

俺がそう言うや否や、ウォードは一番近くにあった窓を開け放ち、身を乗り出して叫んだ。

それは叫びというよりも、遠吠《とおぼ》えと表現した方が近い。

俺には何を言っているのか分からなかったが、これで里の奴らには伝わったのだろう。

少なくとも、ウォルフには俺が走っていくよりも早く伝えることができた筈だ。

「よし、これであとは――」

「ウォード！」

今の声がしっかりと聞こえたようで、焦りを顔に滲《にじ》ませながら駆け寄ってくるイーヴィン。

「全員集めろ。急ぐぞ！」

全員ウォードの声を聞き既に居間に集まっていたので、特に手間取ることもなく俺たちは襲撃が起こった際の集合地点に向かう。

「よう、来たな」

「ウォルフ！　状況はどうなっている！　敵はもう来たのか⁉」

集合場所に集まるや否や、ウォードはウォルフの姿を探し出し問い詰めた。

「いや、まだだ。今、物見を放っているがそいつら待ちだな」

「そうか……」

「まあ、もうちっと落ち着けや」

「お前は落ち着きすぎだ！」

「つってもよぉ、どうせなるようにしかならねえんだ。覚悟を決めてどしっと構えてた方がいいだろ？」

「それは、そうだが……」

ウォルフは、言われてもなかなか落ち着かないウォードを無視して、俺の方にやってきた。

「おう、勇者様。調子はどぉだ？」

勇者と呼ぶのはやめてほしいが、どうせ言ってもこいつは聞かないんだろうな。

「良くも悪くもなく……まあ普通だな」

「そぉかよ」

何が面白かったのかククッと笑うウォルフ。だが突然その顔が真剣なものへと変わった。

「――で、魔物の勢力は？」

そう言われて、詳しく調べるために目を閉じ、探知に意識を集中させ範囲を拡大する。

「……雑魚はおおよそ百だが、それなりに脅威になりそうなのが四十に増えている」

「……そうか。それは多分だが、共食いしたんだろうな。いや、向こうにとっちゃ同族じゃねえから共食いとも言わねぇか」

魔物は共食いをすると、相手の力を吸収することができる……いや、それは正確ではないか。魔物でなくとも、力ある者を食べ、自身の内に取り込み強くなることはできる。

偶然発見したドラゴンの死体を食べて英雄となった一般人の話が有名だ。

ただ、もし食べた魔物が体に合わなければ拒絶反応を起こして死ぬ。なので普通は魔物の肉を食べないし、食べるとしてもごく少量だったり、ちゃんと処理してから食べる。

魔物はそんなことをしないし考えてもいないだろうが、今回の場合はそれによって強くなったのだろう。

「まあそんなことはどうでもいいが、より面倒になったのは確かだな」

ウォルフがそうぼやくが、その言葉には俺も同意だ。こっちの戦力は増えないのに、向こうは増えているとなると、なかなかにキツイ戦いになるだろうな。

その後少ししてから、ウォルフの言っていた物見が戻ってきて同じような報告がされたことで、集まった者に状況が伝わった。

「聞け！　もうすぐ魔物の群れがこの場所にやってくる！　俺たちはそれを迎え撃つが、それで倒せるかは分からねえ！」

既に戦う準備を整えた者たちは、ウォルフの言葉に動揺を見せている。

この里で一番強い男が、勝てるかどうか分からないと言っているのだから、自分たちは勝てないのだろうか？　と不安に思っても仕方がない。

だが——

「だが、倒せねえからといって恥じる必要はねえ！　決闘なら勝てねえのは恥だが、これは決闘なんかじゃなく、俺たちの生き残りをかけた戦いだ！　敵を倒すことができなくとも、生き残ればそれで俺たちの勝ちだ！　だからてめえらは死なねえことを考えろ！　誰も死なねえことこそが、俺たちの勝利だ！　——勝つぞ!!」

「ウオオオオォォォォ!!」

思わず耳を塞いでしまうほどの音の暴力。それほどまでに大きな声が辺りに響き渡った。

これだけ大きな声を出していたら、確実に魔物たちに気づかれるだろうが、どのみちこっちに進んでいるんだから関係ないか。

「アンドー。お前には護衛を頼む」

「護衛？　……お前のか？」

「ハッ、俺に護衛なんざいらねえよ。んなもの邪魔だ……ガキ共のだ」

そう言われて理解した。

迎撃すると言っても里の者全員で、というわけではない。中には子供もいるし年寄りもいる。そういった者を、あらかじめ避難《ひなん》させておく必要があるのだ。

最悪の場合、ここで魔物を迎撃する者たちが全員死んでも里が滅びないようにするためには必要なことだった。

その護衛を任せるということである。

「いいのか、俺で。護衛なんてやらせると、文句を言う奴もいるんじゃないのか？」

「確かにいたが、お前だけに任せるわけじゃねえ。それを言ったら引き下がったから、心配すんな」

文句を言う奴の大半は、俺の実力に疑問があるのだろう。ウース然《しか》り、イリンの兄たち然り。

だからこそ、俺以外にも護衛をつけるとなったら素直に引き下がった筈だ。

「分かった。護衛を引き受けよう」

「そうか。頼んでおいてなんだが、勇者様が護衛とは随分と豪華な護衛だな――任せたぞ」

いつもはふざけたような態度を取っているウォルフだが、この時ばかりは今まで見たことがないほどに真剣だった。

「ああ。誰も死なせやしないさ」

だから俺も、何があっても守るという意思を込めて返事をした。

「――にしても、真面目に長をやってるんだな」

もしかしたらこれが最後になるかもしれないという不安を隠すかのように、俺はウォルフのことを茶化す。

その時にはもう既に先ほどの真剣な表情は消え、いつもの様子に戻っていたウォルフはそれに乗り、おどけてみせた。

「俺としちゃあ、こんな面倒なことを考えずに戦ってられりゃあいいんだけどな」

そうして二人で笑ってから、それぞれのなすべきことをなすために動き始めた。

――避難する面々と共に里から離れる途中、背後の遠い位置から音が聞こえてきた。

何か硬いものがぶつかるような音だったり、何かが破裂するような音だったりと様々だが、その音が止むことはない。

「大丈夫かな……」

俺の横を歩いているイリンが、後ろを気にしながらそんなことを言った。

いつもなら俺といる時は丁寧な言葉を使うのだが、今はその余裕がないようで、素の状態になっている。

「大丈夫だろ。ウォルフは長をやってるだけあって強いし、お前の父親だって強いだろ？」

「あ……」

そう言って頭を撫《な》でながら励ますが、それほど効果があったようには思えない。

流石に家族の中で自分だけが逃げるというのは、思うところがあるのだろう。

イリンの家族は兄姉は討伐隊にも参加しているのでもちろんだが、母親二人ともが、戦うために里に残った。

確かにエーリーが先日見せた動きならば、戦力として数えられるのは当然である。

だが、いくら強いと言っても、こんな状況では心配するなという方が無理だった。

ちなみに、本当にどうでもいいことだがウースも里に残って戦っている。

探知で周囲を確認しながら目的の場所に着くと、避難してきた者たちは少なからず安心したようでホッと一息ついていた。

……一応これからどうするのかは決められているが、改めて話し合いとかした方がいいか？

とりあえず出発する前に軽く話は聞いていたが、俺は今日護衛を任されたのでほとんど知らない。

ここは後になって慌てないようにするためにも、おおよその予定や行動方針を確認しておくべきか。

そう思い至った俺は一部で集まっている人たちのもとへ歩いていった。

「すみません。ちょっといいですか？」

それから改めて話を聞いたのだが、基本的に俺のやることはない。

強《し》いていうのならあたりを警戒するぐらいだが、それは言われていなくても最初からやっていたしな。


「――こんな時に言うのはあれだけど……暇だな」

既に里の者たちと魔物が戦い始めてから、数時間が経過している。

俺たちがここに着いたのが昼前だが、今はもうすぐ日が暮れる。

だが、それだけの時間戦っているのに、里で戦っていた者たちは誰一人としてこちらに来ない。

無事なのか、それとも全滅してしまったのかさえ分からなかった。

探知を伸ばして戦場となっている場所を調べれば分かるだろうが、そのためには深い集中が必要になるし、意識が薄れて近辺への警戒がほとんどできなくなる。

だから警戒を疎《おろそ》かにするわけにはいかない状況では、そこまで探ることはできない。

だが、いい加減この何も分からない状況に俺は苛立ち始めていた。

「イリン。ちょっといいか？」

「はい。いかがなさいましたか？」

「里の方を調べるのに少し無防備になる……任せてもいいか？」

「はい！　もちろんです！」

その返事は俺に頼られたことの嬉しさか、里に残ったものが心配だったからか、はたまた両方か、他の理由か……なんにせよイリンの顔には喜色が表れていた。

返事をしたイリンの頭を軽く撫でると、俺は状況を把握するべく集中し始めた。

——深く、深く。自分の奥に潜っていき、世界に自分を広げていくような感覚。

すると、戦場となっている場所に辿り着く前に、こちらに向かっている存在を発見した。

誰だ？　と思って詳しく見てみると、エルロンだった。慌てたようにこちらに向かってきている。

……里は落ちたのか？

そう思って無視してさらに奥、里の方を調べると、そこにはまだ戦っている者たちがいた。

動きの悪くなっている者、後ろに下がっている者、怪我をしている者はいるが、倒れて動かない者はいない。誰も死んでいないようだ。

そのことにホッとしたが、ひとまずエルロンがこちらに向かってきていることについて、皆に話した方がいいだろう。

「……ありがとうな。イリン」

探知を切った俺は、イリンの方を向いて礼を言う。

が、そのイリンは俺が探知を始める前よりも、俺との距離が近くなっている気がした。

……いや、気のせいだな。気にしないでおこう。

軽くため息を吐いた俺は、他の護衛の獣人たちの元へと歩き出した。

「――と、今はそんな感じです。詳しくはこれから来る者に聞いた方がいいでしょう」

「そうか。状況は分かった。それじゃあ――」

「構え！」

俺が護衛たちのまとめ役の人に話していると、途端に敵を知らせる声が上がった。

が、それはさっき俺が感じたイリンの兄だろう。

俺は今話していた護衛の人と一瞬だけ顔を見合わせると、攻撃の態勢になっているものを止めるべくそれぞれ動き出した。これで先制攻撃でも仕掛けてしまったら目も当てられない。

「待て！　それは味方だ！」

既に魔術の準備を始めていた一部の者を、慌てながら制止する。

まとめ役も同じように声をかけていると、ガサガサと音を立てながら、草木をかき分けてエルロンが現れた。

「――ハッ、ハッ、ハッ……ハアッ……た、たす……たすけてっ……たすけてくれ！」

その剣幕《けんまく》に、その場にいた者は驚愕《きょうがく》し息を呑む。

「頼む！　助けてくれ！　……早く、早くしないと！」

わざわざ逃がしたこちらの者に助けを求めるほど、状況は悪いのだろう。

……だがなぜだ？　状況が悪くなったら撤退することになっていただろうに。なんでまだ戦ってるんだ？

「なあ！　なんで誰も動かないんだよ！　みんなを助けにいかないと！　早くしないと死んじまう！」

だが、その言葉を聞いても動く者は誰もいない。

当然だ。ここに護衛として来ているのは、里の中でも下位の実力の者たちだ。

護衛として魔物を退治するくらいならできるけど、迎撃のために里に残った者が助けを求めるような状況で役に立つとは思えない。

実際本人たちもそう思っているのだろう――だから、誰一人として動かない。

「なあ、助けてくれよ！　あんた勇者なんだろ⁉　強いんだろ⁉　頼むからさあ！」

エルロンはここにいる奴らに言っても無駄だと思ったのか、今度は俺に縋《すが》り付くように訴えかけてきた。

「あんた、なあ。あんなに仲良くしてやったじゃないか！　なのに見捨てるのかよ！」

……仲良くしていた、ではなく、仲良くしてやった、か。

エーリーに言われたくらいでは、一度染み付いた意識は抜けないんだな。

俺としてはあの時まで本当に仲良くできていたと思っていただけに、今改めて言われた言葉で、アレは表面上の付き合いで俺の独りよがりだったんだと改めて認識してしまった。

やっぱり俺が『人』である以上、そうそう簡単に信じることはできな……

「黙ってください――ご主人様、この者に助けなど、必要ありません」

「なっ⁉」

だが俺が結論を出しかけた寸前、俺の横にいたイリンが俺たちの前に出て、拳を握り締めながら自分の兄に向かってそう言った。

「何を言ってるんだ⁉　親父たちが大変なんだぞ！　イリン、お前は状況が分かってるのか⁉」

「分かっています……その上で、言っているのです」

エルロンにそう言い捨てると、イリンはくるりと俺の方を向いた。

「ご主人様。このような者の言うことを聞く必要はありません……こんな、愚か者の言うことなんて……」

「愚か者？　何を言ってるんだ、イリン！　ふざけている場合じゃないんだぞ！」

こんな状況でなぜそう言われるのか分からないエルロンは妹に向かって怒鳴りつけるが、イリンはそちらを振り向くと、冷たい声で言葉を返した。

「ふざけているのはあなたの方です。だってそうでしょう？　今までご主人様のことを見下していたくせに、いざとなれば縋り付き助けを求める……それが愚か者でなくて、何だと言うのですか」

エルロンは妹の言葉に、驚きを露わにしている。

イリンはもう一度俺の方に向き直り話し始めるが、その声は、体は、震えていた。

「ご主人様……助けになど、行く必要はございま――」

「そんなことを言うなよ。顔を見れば分かるさ。助けたいんだろ？」

しかしそれ以上は言わせなかった。

家族を見殺しにしてもいいなんて、この子には言わせたくはない。

苦しそうな、悲しそうな顔。そして、それを押し殺して無理にでも笑おうとしている嫌な笑顔。

そんなものは見たくない。

「ですが……」

「お前はしっかりしてるけど、それでもまだ子供だ。子供なら子供らしく、わがままを言えばいいんだよ」

だからそんなに無理して笑うな、とイリンの頭をグリグリと、いつもよりも少し乱暴に撫でる。

「助けてやるさ。お前の父親も母親も、姉も兄も知り合いも、全部」

あの時決めたんだ。俺は俺のやりたいようにするって。だからこの子を悲しませないために、全部助けてやろうじゃないか。

――なんたって俺は勇者だから。

「だから、お前は笑ってればいいんだよ」

今までならこんなカッコつけたセリフは言わなかっただろうに……俺もこの世界に馴染《なじ》んできたというか、染まってきたというか……まあいいか。

「後は任せておけ」

俺はイリンの頭から手を離して、里の方へと歩き出す。

「――ご主人様！　……お早いお帰りをお待ちしております」

武運を祈るのでも、無事を願うのでもなく、早く帰ることを望む。

それはつまり、俺が負けるとは思っていないし、怪我をするとも思っていないということだった。

正直買いかぶりすぎるとは思うが、せっかくイリンがそう思ってくれているんだ。なら、その期待を裏切るわけには――

「――いかないよな」

そうして俺は、身体強化をかけて森の中を走り出した。

その胸の中にあるのは『好きな子に泣いてほしくはないから』という単純な願い。

……俺はロリコンじゃなかった筈なんだけどなぁ。

そんなことを思い、未だに日本にいた時の常識に縛られている自分に苦笑する。

だが、すぐにどうでもいいかと思い直して、走り続けた。

自覚したばかりの……いや、自覚はしていたな。ただそれから目を背けていただけで。

今まで目を背けていたその想いに向き合い、俺は思うがままに行動する。

「せっかくこんな世界に来たんだ。元の世界の常識や今までの自分に縛られていたらつまらないよな」

＊＊＊

「――クソッ！　これで！」

俺、ウォードは側にいた魔物に向かって槍を突き出す。

狙《ねら》いを過《あやま》たず魔物の頭に突き刺さった槍をすぐに引き抜き、また突き出す。

だが、そうして何体もの魔物を倒しても、その数は一向に減ることがない。

実際には減っているのかもしれないが、本当にそうなのかは分からない。

向こうにいる一番厄介な魔物はウォルフに任せたから問題はない筈だ。あいつなら多分なんとかしてくれるだろう。あいつでダメだったらもうどうしようもない。

それよりもこっちだ。俺たちはウォルフの戦っている場所に魔物たちを近づけまいと奮戦しているが、かなり厳しくなってきた。

当初の予定では、戦いはもう終わっている筈だった。

アンドーが教えてくれた数の魔物は、もうとっくに倒し終わっている。

だが、そのあとが問題だった。

魔物たちを倒し終わった後に、倒しても倒してもキリがないほどの数の魔物が続々とやってきたのだ。

それまでの戦いだって、決して簡単なものではなかった。幸い死人は出ていなかったものの、何人もの怪我人が出た。

怪我人は本来ならイリンたちのいる避難先に移動する予定だったのだが、自力で移動できない者も多かった。そんな奴らを守るため、戦力の何割かが割《さ》かれている。

それでも全員で連携していけば、この魔物の群れから逃げることは可能だった。

……だが、それはできない。戦力的に不可能という意味ではないが、できないんだ。

なにせこの魔物たちが向かっている方向の先にいるのは、戦えない者が避難したエリアだからだ。

もし俺たちがここで戦うことをやめれば、その後はどうなるかなんて分かりきっている。

だからなんとしても、俺たちがこの魔物の群れをここで食い止めなくてはならなかった。

どうしてこんなことが……

俺は戦いながら、なぜこんなにも魔物がいるのかを考える。

このまま戦っていても、いずれは力つきるだけだ。魔物が攻めてくる理由があるのならそれを潰さなくてはならない。

考えられる理由はなんだ？　力の暴走か？

ここらにいる生物は、全てが神獣の力の影響を受けている。

――神獣。それはここらから程近い場所に住む、はるか昔から生きている強力な獣のことだ。

魔物の一種とも言われているが、そんなことはどうでもいい。

重要なのは、俺たちがその神獣から発せられる力の影響下にあるってことだ。

本来であれば魔術を得意としない獣人である俺たちが、他種族と遜色《そんしょく》なく魔術を使うことができるのは神獣の力のおかげだった。

だが、その力は何も俺たちにだけ作用するものではない。

ただの魔物だって影響を受けるし、なんなら普通の生物にも影響はある。

体毛は神獣と同じ色に近づき、身体能力は強化され、魔術に適性を持つようになるのである。

もっとも、矛盾するようではあるが、全部の生物に影響が出るわけでもない。

神獣の力に耐えきれないものは、その身の中にある力によって死んでいく。

それを抑えるために、俺たち獣人は神獣の元に行って力に適応させてもらう『儀式』を行なう必要がある。

ともかく、このあたりの魔物はそんな神獣の影響を受けるため、強力となっている。

さらにその魔物が共食いしたとなれば、さらに強くなっていてもおかしくない。

とはいっても、一体や二体が喰《く》われたところでここまでにはならない。

……神獣に何かあったか？

一瞬そう思ったが考え直す。

そんなことが起これば、俺たちにだって分かる筈だ。

神獣の力の影響を受けるのは俺たちだって同じなんだから。

しかし、他に何が……考えられるとすれば神獣以外の『力ある者』の影響を受けてなんらかの変化が起こったということだ。

だがそれほどの影響を与えるとなると、少なくとも下位、いや中位の竜ほどの力を持った魔物か、人間なら英雄と呼ばれるほどの存在になる。

そんな奴が里の近くにいれば分かるし、やはり俺たちにも影響がある筈だ。

……分からない。神獣からの力になんらかの異常があったのは確かだが、それがなんなのか。

まさか、俺たちには影響がないような力がこの辺りに充満していて、魔物たちはその影響を受けているとでも？

……流石にないだろう。内に秘めた力自体は魔物も俺たちも同じ。魔物に影響があるようなら、俺たちにもある筈だ。

結局、いくら考えても原因らしきものは分からなかった。

「クソッ‼」

どうしようもない苛立ちをぶつけるように、襲いかかってくる魔物を蹴散《けち》らしていく。

「ウォード！　前に出過ぎないで！」

「あとどれくらい続くのか分からないんだから気をつけなさい！」

イーヴィンとエーリーの鋭い声が飛んでくる。

……俺は焦りからか、一人だけ前に出すぎていたようだ。

確かに妻たちの言った通り、いつ終わるのか分からないのだから、できるだけ体力を温存するように動くべきだろう。

「ぐああああ‼」

下がろうとして一旦魔物たちを吹き飛ばした瞬間、近くで戦っていた仲間から悲鳴が上がった。

どうやら魔物の攻撃をまともに受けてしまったらしい。

そいつの側にも一緒に戦っている者はいたが、自分に向かってくる魔物の対応をするだけで手一杯のようだった。

他に近くにいて動けそうなのは俺だけ。なら──

「「ウォード⁉」」

背後から妻たちの声が聞こえるが、気にしていられない。

やられた仲間は近くにいると言っても、その間には魔物がいる。そいつらをどかして助けに行くにはとても遠くに感じる。

それでもやるしかない。誰一人として死なせてたまるか！

だが、俺が思った以上にその距離は遠い。立ちふさがる魔物を蹴散らしていくが、進むことに気を取られすぎて、魔物の操る蔦《つた》に足をすくわれ、体勢を崩してしまった。

……まだだ、まだ終われない！　こんなところで──

「──死んでたまるか！」

手足を犠牲《ぎせい》にしてでも生き残ろうと覚悟を決め、手にある武器を握りしめる。次の瞬間——俺に襲いかかってきていた魔物たちは、突然現れた黒い不気味な模様の壁に当たり、弾き返されていった。

「——勇者の登場だ。助けに来たぞ、ウォード」

「……アンドー、か？　どうしてここに……」

「ちょっとお前の息子が助けを呼びに来てな。イリンが泣きそうだったから助けに来た」

どうやら、休息のために一旦下がったエルロンは、アンドーのことを呼びに行ったらしい。

避難した者たちの護衛を連れて来るなんて！　とも思うが、正直助かったと安堵《あんど》もしている。

「……そうか」

そう返事はしたのだが……なんだかうまくは言えないが、今までのアンドーとは違うように感じられる。

しかし、それがよくない変化とは思えなかった。

だから問題はない筈なのだが……俺の勘《かん》が何かを囁《ささや》いているような気がする。

そんな俺に、アンドーが何かの瓶を手渡してくる。

「これは治癒《ちゆ》の魔法薬だ。使ってすぐに回復するわけじゃないから、飲んだら一旦下がっておけ」

……友と認めた者が戦うのに下がっていろと？

「馬鹿を言うな。これぐらいなんてことはない――俺はイリンの父親だぞ？　あの子だって苦難を乗り越えたのに、父親である俺がこんなところで退《ひ》くわけにはいかないだろうがっ‼」

「……そうか。じゃあこの辺は任せたぞ――お義父《とう》さん」

「ああ！　……ん？　待て、アンドー！　今のはどう言うことだ⁉」

聞き慣れない、聞きたくない言葉が耳に入り、思わずアンドーを呼び止めたが、その背中は遠ざかっていく。

「おい待てっ！」

「待つのはあなたよ、ウォード。今は戦いの最中だってことを忘れてないかしら？」

「それと、勝手に飛び出したことについては、あとでしっかりと話しましょうね？」

いつのまにか側に来ていたイーヴィンとエーリーが、綺麗《きれい》だが怖い笑顔で俺に話しかけてきた。

「い、いや、待て。それよりもアンドーが……」

「あら、いいじゃない別に。彼も覚悟を決めたってことでしょう？」

「そうね。今の彼なら惚《ほ》れちゃうかも」

「親子二代で？　ふふ、それも楽しそうね」

「何⁉　お前たち、まさか……」

「まだ大丈夫よ……まだ、ね」

「私たちを引き止めたいのなら、かっこいいところを見せてくれないかしら？　ただし、今度は無茶をしないでね」

「任せろ！　この程度の魔物なんて俺が蹴散らしてやる！」

何か忘れているような気がするが、そんなことよりも今は妻たちに俺の活躍を見せなければ‼

第2章　魔物の襲撃

里に辿り着いた俺は、周辺を見渡して様子を確認すると、一人の男を発見した。

名前は知らないが、どこかで見たような気がするので討伐隊にいた一人だろう。

今は怪我をして休んでいるようだ。

「おいあんた！　大丈夫か⁉」

倒れていた男に小走りに駆け寄って声をかけたのだが、なぜか周りには誰もいない。普通こういう怪我人なんかは、看病する奴がいるもんじゃないか？

もしかして、他の怪我人やその手当てをしている者は既に……

いや、そうと決まったわけじゃない。怪我人は一箇所に集められているが、この男だけがここで休んでる場合だってある。

「あ、ああ……お前は……確かアンドー、だったか？　護衛に行った筈じゃ……」

どうやら向こうは俺のことを覚えていたらしい。

まあ色々目立ってたから当然だろうが、俺はお前のことを知らないんだ。すまんな。

と、今はそんなことよりも話を進めることの方が重要だ。

「俺たちの方に助けを求めに来た奴がいた……どういう状況だ？　他の怪我人たちはどうした？」

「助け？　……そうか……実は――」

話を聞くと、どうにも魔物の数が多すぎるようだ。

どうして逃げないかといえば、魔物たちは避難場所の方向に向かって進んでいるらしい。

普通はこれだけ抵抗すれば、進路を変えるなり仲間割れをするなり何かが起こるそうだが、そういったことはないようだ。

だからこそ、迎撃をするために残った者たちはここから先に進ませないようにしていると。

そして他の怪我人たちは別の場所に固まっているものの、この男は守りを抜けた魔物を倒したところで怪我を負ったため、ここで動けなくなっていたらしい。

「……分かった。とりあえずこれを使うといい」

俺はそう言って、普通にそのへんで売っている回復薬を渡す。

流石に王城から持ってきた薬は渡せないけど、これは立ち寄った街で適当に買い足していたものだから渡しても問題ない。

「じゃあ俺は行くよ」

「ああ。薬、助かったよ。気をつけてくれ」

「あんたもな」

そう言って立ち上がり再び走り出す。

里に近づいてきたので、一度探知をして状況を把握しようと思ったが、そんな暇もなく魔物が襲いかかってきた。

魔物を倒し、視線を進もうとしていた先へと向ければ、どこもかしこも魔物だらけになっている。

そして、そんな魔物たちを食い止めるように戦っている戦士たちの姿。

俺はそんな彼ら、彼女らを助けるべく、一度大きく深呼吸すると、前線を越えてきた魔物を蹴散らしながら前に進んでいった。

戦っている戦士たちの背を強化した脚力で飛び越えて、魔物の群れの中に突っ込んでいく。

そんなことをすれば当然魔物たちから狙われるが、その程度は予想済み。そして対策済みだ。

着地する直前に、収納魔術からいくつもの剣や槍、斧《おの》などの武器を取り出して射出する。

収納から取り出された武器は、収納された時のエネルギーを保持したまま出現する。

そしてそのエネルギーによって突き進み、俺の下にいた魔物たちを切り、潰し、貫いていった。

ちなみにこの攻撃方法、自分で用意した収納魔術に向かって武器を思い切り投げ込むという、なかなかにめんどくさい作業が必要となる。暇な時にやっておいてよかった。

そうして魔物の群れの中に飛び込み戦うことしばし、悲鳴を上げる者がいたため、そちらへと向かっていく。

その者を助けに行くと、俺とは別の方向から誰かがやってきた。

……あれは、ウォードか？

全身武装しているうえに血まみれでよく分からないが、多分そうだろう。

にしてもあいつ槍使いだったのか……今まで戦ってるところを見たことがないから、知らなかったよ。

……って、まずい！

ウォードが魔物の群れの中で体勢を崩した。

このままでは殺されてしまう。

俺は咄嗟《とっさ》にウォードの前、ウォードと襲いかかる魔物との間に、収納魔術の渦を展開する。ついでに襲われていた者のところにも展開して守っておく。

収納魔術の渦は生物を収納することはできず、渦に入ろうとすると倍の力で弾き返すという特性がある。そのため、渦に当たった魔物は勢いよく弾かれた。

攻撃を防いだと安堵することなく、俺は走り出す。

「——勇者の登場だ。助けに来たぞ、ウォード」

ウォードは驚きからか目を見開いているけど、まあ当然か。

俺はイリンと共に後ろに下がっていた筈なんだから。

ここはまだ戦場であるが、何も言わないわけにもいかないので、簡単に説明する。

怪我をしているウォードに回復薬を渡して下がっているように言ったが、どうやらウォードは下がる気はないようだった。

チラリとさっき襲われていた者の方を見れば、既に窮地《きゅうち》は脱しているようなので、渦を消してからウォードに向き直った。

「……そうか。じゃあこの辺は任せたぞ——お義父さん」

俺は最後にそう言い残してその場を離れた。


だが、さっきの場所から少し離れ、周りには魔物しか見えなくなったところで、俺は先ほどの自分の言葉に内心で悶《もだ》えていた。

……なにが『お義父さん』だよ！　なんであんなこと言った、俺！

いや、その理由はなんとなくだが理解している。

多分、イリンへの気持ちを自覚し、認めたことで心のタガが外れたというか、状況的にも戦いの高揚感とかも合わさってハイになっているというか……まあ暴走状態になってたんだろう。

だとしても、まだイリンに何も言っていないのに先に親に挨拶《あいさつ》とか……

これで断られたら恥ずかしいな。イリンの普段の様子を見ている限りでは多分大丈夫だとは思うけど……大丈夫だよな？

——ゴアアアア‼

——グルアアアア‼

俺がそんなことを考えている間にも、魔物は休む間もなく襲いかかってくる。正直、迎撃に残った奴らはよくこれだけの数を相手に誰も死者を出さないでいられたなと思う。

「あああああ！　邪魔っ、だあああ！」

俺は羞恥心《しゅうちしん》を誤魔化すように叫ぶと、収納から一振りの剣を取り出した。

それは見事な装飾のついた剣。そこにあるだけで存在感を発している。

これこそは俺が王城から（勝手に）譲り受けた宝の一つ。あの王女様は怒ってると思うけど、気にしない。

今までろくに使う機会がなかったので収納の肥やしになっていたんだけど、それじゃあもったいないので、せっかくだからここで使うとしようか。

「ハアア！」

俺が剣を振り上げ、振り下ろす。

たったそれだけで俺の前方にいた魔物たちは両断され死んでいった。

今俺が使った剣の効果は、込めた魔力に応じた威力を持つ斬撃《ざんげき》を飛ばすというもの。それも人間以外に特効を持っている斬撃をだ。

爺さんの知識のおかげもあって、何となく使い方は分かってたから、特に困ることはない。細かい原理は分からないけど……まあ、使えてるからそれでいいだろう。

「だいぶ削れたな……」

俺はそう呟《つぶや》きつつ、自身の前方、今の一撃によって魔物のいなくなった場所を見ていたが、あることに思い至って、途端に不安になった。

……味方には当たってないよな？

人間以外への特効ということは獣人にも効果があるということだ。

純粋な魔物ではないので、魔物相手よりも効果は薄いだろうけど、全くないわけじゃない。

誰かを巻き込んでいないか確認したいが、今、探知を広げて人を探すことに集中すれば、戦闘に支障が出る。

……まあ、仕方がないか。

俺は割り切って確認を諦《あきら》め、でもこれ以上は巻き込む可能性を減らすために、剣をしまってから別の武器を取り出した。

次に取り出したのは小さな片手斧。これも王城に落ちていたので拾った『宝』の一つだ。

斧の銘《めい》は『星割《ほしわ》り』。その効果は――

「そおっ、らあああ‼」

俺は小さな片手斧を無理やり両手で持つと、野球のバットと同じように、大きくスイングした。

当然、サイズ的に魔物には当たらない……そのままでは。

俺が振り始めた瞬間に、斧は一瞬で巨大化した。

全長は二十メートルぐらいだろうか？　俺はその巨大化した斧を力任せに振り回す。

勢いが衰えるまで延々と進んでいく先ほどの斬撃とは違い、攻撃範囲は斧が届く位置まで。

今回のサイズなら、探知で味方がいないことは確認済みだから、同士討ちは心配しなくていい。

流した魔力の分だけ巨大化する、それがこの斧の効果だ。

ただ大きくなるだけではあるが、甘く見てはいけない。

魔力を流せば流すだけ大きくなるこの斧は、その気になれば城よりも大きくすることも可能だし、なんなら山より大きくすることも可能である。

もっとも、それだけのサイズにするには何人、いや何百何千もの人の命を使い潰すほどの魔力が必要となる。しかし、不可能ではないのだ。

どんな素材を使ってどんな風に作ったのか知らないが、理論上、必要な魔力さえ用意できれば星さえも割るほどに大きくできる。故にこの斧の銘は『星割り』。

俺はそんな斧を振り回し、自身の周囲の魔物を鎧袖一触《がいしゅういっしょく》とばかりに斬り伏せていく。

「うん？」

だがそれでけで片付くほど簡単ではなかった。

俺が斧を振り回しているにもかかわらず、その範囲内に探知に引っかかった奴がいた。

まあ斧を振り回しているだけなんだから、振られた高さ以下の魔物には当たらなかったんだろうな。

——というわけで、一旦斧はしまって次の武器を取り出す。

次の武器は槍だ。だが、この槍も普通ではない。

その異様さは、先ほどの斧と違い見ただけで分かるほどだった。

正直なところ、初めて見た時はこれが槍だとは思えなかった。

その姿を一言で言ってしまえば、鍾乳石《しょうにゅうせき》のような、円錐《えんすい》だ。

後端、石突《いしづき》の部分は広くなっており、先端に近づくほど細くなっていく。

表面はゴツゴツとしていて、強く握れば自身の手を傷つけてしまいそうだった。

だが、この表面のおかげで後端に近い太い部分であっても掴むことができているのだから、この凹凸《おうとつ》は必要なのかもしれない。

それぐらいならもっと使いやすいようにしろよと思うが……製作者は分からないので誰にも言えない。

この槍の銘は『石穿ち《いしうがち》』。

俺が槍を地面に突き刺すと、地を這う《は》ように俺に近づいてきていた魔物たちの足元の地面が勢いよく盛り上がり、槍となって魔物たちを貫いた。

地面から現れたのは、俺が手に持つ槍と同じような見た目の円錐形の岩。それが俺の周りに林立している。

この槍は、突き刺した場所から一定の範囲内の地面に震動を感知した時、その場から石の槍を発生させるというものだ。範囲の広さは流した魔力に応じるが、震動を感知すれば敵味方関係なしに発動するので、同士討ちを避けたい状況では使えない。今なら周りに誰もいないので問題ないが。

周囲の敵をあらかた片付けたのを確認した俺は、槍を収納して周囲を見す。

視界はずいぶんと開けたが、少し先に巨大な影を見付け、そちらに向かっていく。

……あれは……ドラゴン？

俺の目に映るのは、全長何十メートルという大きな体躯《たいく》に、その体に見合った大きな太い八本の脚を持っている蛇《へび》だった。ダックスフンドのトカゲ版とでも言えば分かりやすいだろうか？

ダックスフンドと違って首も尻尾も長いけど。

この世界におけるドラゴンとは、『竜』に分類される種族全てを指す呼び方だ。

今見えているアレは、正確に言うのなら下位竜という存在だ。まあ言い分けるのはめんどくさいし、それで通じるんだからドラゴンで通すけど。

その体の色を見るに、恐らくは風に属するものだろう。

落ちかけている夕日の光を反射して光る、緑色の鱗《うろこ》。戦場であるにもかかわらず、場違いにも綺麗だと思った。

……倒したらちゃんと回収しよう。

そんなことを思いながら駆け寄っていったのだが、近づくにつれてその側で誰かが戦っているのが分かった。それも一人で。

だが、もう限界なのだろう。遠目に見ていても、姿勢を崩したりかなり際どい時があったりする。

今もまた攻撃を躱《かわ》し損ね、だがギリギリのところで武器でなんとか防御していた。

すぐにでも助けに行きたかったが、邪魔をする魔物を倒しながら行くのでは時間がかかるし、魔物を無視していけば背後から狙われる可能性があるので、危険が大きい。

なのでまた、新しい『宝』を取り出す。

今度取り出したものはスリング。その銘は『ブレイク・ライフ』。

スリングに魔石をセットし限界まで引き絞ってから、ドラゴンに向けて放つ。

かなりの距離があった筈だが、放たれた魔石は見事に着弾。そして、弾けた。

――ドオオオォォォオォン‼

今まで聞いてきたどの爆発音よりも更に大きな音と震動が辺りを蹂躙《じゅうりん》する。

今放たれたのはただの魔石。少々質のいいものを使いはしたが、それでも買おうと思えば一般人でも普通に買える代物。

それがなぜ、これほどの威力の爆発を起こしたのか。

その爆発こそがこの『宝』の能力だ。

魔石は魔物の体内にできる、命の塊とも言えるものだ。

そこに込められた力は本来安定していて、ちょっとやそっとじゃその安定が崩れることはない。

だがこのスリングは、あてがわれた魔石の安定を意図的に崩し、暴走させることでその力を破壊に用いることを可能とする。

それによってもたらされる威力は、まさに命の輝きと呼べるもの。

命の証《あかし》とも言える魔石。その『命』を使って相手の『命』を奪う。それがこの武器の能力だった。

……今使った魔石でこの威力となると、もっといいものを使ったら……

いや、とりあえず今はあのドラゴンにダメージを与えられたのだから良しとしておこう。

気にしないことにした俺は、爆発の衝撃に怯《ひる》んでいる魔物たちを倒すことにした。

「おい、てめえ！　アンドー！」

道を阻《はば》む魔物を倒しながら、爆発のせいで動きが鈍《にぶ》っているドラゴン、それからドラゴンと戦っている者へと近づく。そして、そこで戦っているのはウォルフだったと判明した。

まあ、よくよく考えれば里一番の戦力なのだから当然ではあるな。

「さっきの爆発、お前だろ！　ふざけんな！　巻き込まれて死ぬかと思ったじゃねえか！」

ちゃんと当たらないように放ったのだが、爆発が強すぎたようだ。俺としてもちょっと予想外の威力だった。

ドラゴンの動きが鈍っているんだから、良しとしてほしい……うん、まあ、正直すまん。悪気はなかった。

「よおウォルフ。生きてるな」

「てめえのせいで死にかけたがなっ！」

「それはほら、あいつもダメージを負ったことで許してくれ。それよりも、勇者様が助けに来てやったぞ」

「……あ？　……なんかあったか？」

だいぶ抽象的な質問だが、その意図は分かる。

俺が自分から勇者を名乗っている、その心境の変化に気づいたんだろう。

短い会話の中で見抜くとは流石は里の長といったところか……それとも俺が分かりやすいのか？

「まあ、色々とな……それよりせっかく俺が来てやったんだから、さっさと終わらせよう」

ドラゴンはまだ動きを止めているが、もうそろそろ動き出してもおかしくない。

俺はウォルフの状態を確認すると、質がいい回復薬を手渡す。

質がいいといっても、これも市販のものであって王城から貰《もら》ったものじゃないが十分だろう。

「おっ、助かる。そろそろきちぃと思ってたんだ」

「里で最強のお前でもそんなにか……」

「まあ里最強っつっても所詮《しょせん》は『人』だかんな。ドラゴンとは元々の能力がちげえ」

仕方がないと肩をすくめるウォルフ。

本人はそう言うが、下位竜とはいえ、ドラゴンに一人で立ち向かうことができたんだから、それは十分に賞賛《しょうさん》に値する行いだと思うんだけどな。

「……っと。んなことよりあれをどうにかすんぞ！」

ウォルフは意気込んではいるが、その手にあるのは折れた剣のみ。

元々はそれなりにいいものだったのだろうが、流石にドラゴン相手にはもたなかったんだろう。

「お前、武器は剣でいいだろ？　……これを使え」

そう言って俺は、自分では使わない剣をウォルフに渡す。

「あ？　……いいのかよ。こんなん渡して」

「ああ。どうせ俺はそれ使わないしな」

渡した剣の効果は、自他問わず血から魔力を吸い、自己修復をするというもの。

要するに、切れば切るほど耐久値が回復する剣ということだ。

俺は剣を使うが、それをメインにして戦うわけじゃないから必要ない。

というか、他にも色々持ってるから問題ないんだよな。

「なら遠慮なく使わせてもらうぜ」

ウォルフはそう言って渡されたばかりの剣を肩に担ぐと、雄叫《おたけ》びをあげながらドラゴンに向かって走っていった。

「いくぞ！　うおおおおおああああ！」

……あのドラゴンがまともに動き始めるまで時間がないのは分かるけど、もう少し作戦とか立てないのかよ……

ウォルフの行動は自分勝手なのか、俺なら合わせてくれるという信頼からなのか分からない。

とはいえこのまま放っておくこともできないので、「はぁ」とため息を吐いてから、ウォルフを追いかけるように走り出した。

……流石に硬い。ドラゴンは最強の種族と言われるが、それも納得できる。

何度も近づき剣を振るってはいるが、その鱗を切り裂くことはできなかった。

このまま切りつけていても意味はないだろうし、先ほども使った剣の能力を使おうと思う。

ここならば周囲に人はいないし、斜め上方向に撃てば巻き込む恐れはない。これだけ敵が大きいと狙いがつけやすくて助かるな。

俺は剣に魔力を流して狙いを定める。

「どけ！　ウォルフ！」

なんの打ち合わせもしていなかったのに、俺の声に即座に反応して全力で横に飛び退くウォルフ。

そのことに自然と笑みが零れる。

そして俺は、剣を振るう。

――ギュアアアアア!!

剣から放たれた斬撃をまともに喰らい、ドラゴンが苦痛の声を上げる。

「よし！　これならいける！」

そう声を上げるが、どうやら傷は思っているほど深くないらしい。

どうする？　もっと近づいて打つか？

だが、威力を出すには魔力をタメる時間が必要だ。そんな余裕があるか？

チラリとウォルフを見ると、今もドラゴンの顔面を狙って攻撃を仕掛けている。

顔を狙うのは最も効果的だが、同時に最も危険でもある……よくやるよ。ほんと……

「ウォルフ！　隙《すき》を作れ！」

それだけ言うと、俺は返事も聞かずにドラゴンの懐に潜り込み、剣に魔力を流し始める。

具体的なことは言わずとも、俺が何をしようとしているのか分かったようで、ウォルフの攻撃の苛烈《かれつ》さが増した。

「――これで！　ハアアアア!!」

俺はドラゴンの腹部へと、至近距離から強力な一撃を放つ。

これでどうだ!?

――ギュアアアアァァァアア!!

先ほどよりも大きな悲鳴をあげるドラゴン――だが、それでも倒れることはなかった。

……なんだと!?　まさか無効化された!?

驚きながらも竜の腹部を見ると、若干の緑がかった血が流れている。

確かに攻撃は腹部に当たっていたみたいだし、大きな傷跡ができている。

だが、攻撃の威力の割には傷が浅く思える。

俺の剣から放たれた斬撃の属性は風なので、同じ風属性であるこいつには効かなかったのか？

だが、それ以上そんな考察をしている隙はなかった。

ドラゴンがその長い尻尾を鞭《むち》のようにしならせて攻撃してきたのだ。

俺は剣を掲げて防御するが、それは悪手だと瞬時に理解する。

慌てて収納魔術による防御に切り替えようとしたが、わずかに間に合わず――

「あああああ!?」

俺が構えていた剣は、バギンッ！　と音を立てて綺麗に折れてしまった。

俺はそのまま勢いよく弾き飛ばされるが、すぐに体勢を立て直す。

ダメージはそんなにないのでいいんだが……剣が折れてしまったのが問題だ。

……どうしよう。これ……いつか返す時がきたら宝物庫にこれを置いておくのは流石にまずいよな？

どこかの鍛冶師《かじし》に打ち直してもらうことはできるだろう。だがそれでは、剣に込められた魔術は消えてしまい、外見の修復だけしかできない。

いや、そもそも別に返す必要はないんだけどさ。

今回の戦いに備えて城から持ってきた宝を見ているうちに、ちょっとやりすぎだったかな、なんて思っていたのだ。

俺がハウエル王国を出る時にやったことをネットゲームで例えるならこうだ。

主戦力となるキャラ《勇者》を五体中二体消して、さらに保管してあった高価なアイテムを全て捨てた。

……それまでにかけた手間暇や時間、金を考えると、泣きたくなるだろう。

なので、今後もし機会があれば、状況次第では宝を返してもいいと思っていたのだ。

それなのに壊れてしまうとは……

……まあ、仕方がないか。

形あるものいつかは壊れるんだ。それに今まで金も薬もいっぱい使ってきたんだから今更か。

一応返す時が来たら謝るけど、自業自得と思って諦めてもらおう。

「おいアンドー！　無事ならボケてないでさっさと戦え！」

ウォルフにそう言われて俺はドラゴンまで近づいたが、さっきの攻撃で警戒されたのか、再び尻尾が振るわれた。

「舐《な》めるな！　二度も喰らわねぇよ！」

俺は拳を握りしめ、迫ってきた尻尾を殴りつける。

それがただの拳であったのなら、やられたのは俺の方だろう。

だが、俺に向けて振るわれた尻尾は綺麗に跳ね返されて、ドラゴン自身の体を打つ。

「思ったより使い勝手はいいな」

今のは俺が里にいる間に考えた新技だ。

何をしたのかというと、収納魔術を拳の打撃面に展開して、そのまま殴っただけだ。

収納魔術の渦は生き物を弾くので、その特性を利用したのである。

これを思いついた時、なんで誰もこの使い方をしないんだと思った。

それどころか、盾として使うという話も聞いたことがない。

けど、実際に使ってみてその理由はすぐに分かった。

盾になるほどの大きさに収納魔術を展開するのも、拳の先に展開しながら動かすのも、魔力の消費が大きすぎるんだ。

俺は仮にも勇者としての魔力があるし、収納に関しては適性があるからか魔力の消費が少なくて済んでいる。だけど普通は、荷物を出し入れするだけで精一杯らしい。

まあ、それでも魔力量が多い人間なら俺と同じことができるだろうから、神経質に隠す必要もない。あまり目立つと、魔力量が多いと騒がれるかもしれないが……黒いグローブなんかを着ければ、バレにくいか？

そんなことを考えていると、ドラゴンが俺の方へ顔を向け、大きく口を開けて噛《か》み付こうとしてきた。

避けることは簡単だが、俺はあえてそうしない。

ドラゴンの口が俺を捉《とら》えようとした瞬間に、俺はその口の中、上顎《じょうがく》のあたりに渦を作る。

そしてそのまま、渦を纏《まと》った拳で、下顎《かがく》を殴りつけた。

そうするとどうなるか。

ゴギッ！　と大きな音を立てて竜の顎《あご》が外れ、口は開きっぱなしの状態になった。

——アアアアアァァァァ‼

口が開いたままの状態で叫ぶドラゴンだが、その間の抜けた姿も、息が漏れるような声も、どこか滑稽《こっけい》に見える。口の端から血が流れているのは、今の攻撃で口が裂けてしまったからだろう。

奴はその長い体をくねらせて暴れるが、腹部にできている傷を地面に打ち付けたのか、余計に身悶えていた。

その隙に、腹部の傷を抉《えぐ》るように、適当な剣を取り出して突き刺していく。

ほかの魔物に比べればまだ硬く、抵抗はあるが、それでも剣はズブリと傷の中に沈んでいく。

どうやら硬いのは鱗と皮膚だけで、中はそうでもないようだ。

それが分かったので、次々といらない武器を取り出してその傷に突き刺していく。

その度にドラゴンは暴れるが、さっきより動きが鈍くなっているから余裕で躱せる。

と、ドラゴンは痛みに悶えながらも再び尻尾を振り、俺を弾こうとしてきた。

だが今更そんなものは通用しない。

コイツは必死なのかもしれないけど、俺にとっては格好の的である。

「剣の、敵《かたき》だ！」

あんな受け方をした俺が悪いのだが、剣を折られた恨みを晴らすべく、俺は向かいくる尻尾をさっきと同じように殴りつける。

だが、今回はちょっと違う。

渦を展開しながら殴るのは同じだが、それに加えてもう一つ、細工をした。

俺に殴られた尻尾は勢いよく跳ね返され……少し離れたところに設置された収納魔術の渦に弾かれ、こちらへと戻ってきた。そして、戻ってきた尻尾を再び殴り、尻尾は弾き返され……と繰り返していく。

反射のたびに威力が倍になるので、収納魔術の維持魔力が増えているが問題はない。

まあ実際のところ、わざわざ殴る必要もなくて、最初の勢いさえ与えてしまえばあとはその場に渦を残しておくだけでいいんだけど。

だが、なんとなく今は殴りたい気分……というか動きたい気分だったので、殴ることにした。

そうして何度か殴っていると、いきなり収納魔術の維持に必要な魔力が増えたと思ったら、パンッ！　という音が鳴った。

――クアアアアアアッ!!

いきなりのことで何があったのか分からない俺の耳に、閉じることのできない竜の口から間の抜けた絶叫が響く。

そしてすぐ側からは、グシャッ、と何かが落ちる音が聞こえた。

音のした方を見れば、ドラゴンの尻尾の先端部分が、ビチビチと動きながら転がっていた。

何が起こった⁉

突然の状況に混乱する。

別に殴ったものが破裂するような魔術を使った訳ではない。だが実際にそうなっている以上は何か原因があるわけで……

おそらく、最後の瞬間、急激に魔力の消費が増えたのが関係しているんじゃないか。

だけどなぜいきなり……と少し考えたところで、ハッと気がついた。

もしかして、反対側に置いていた渦と、拳に展開していた渦が接触するほど近づいたからでは。

殴りながら、俺は知らず知らずに前進していて、反対にあった渦と、拳に展開した渦に、ドラゴンの尻尾が動く隙間もないほどぴったりと挟まれてしまった。

それによって二つの渦に挟まれた部分が弾けてしまったのではないだろうか？

反射するたびに倍になって跳ね返される。それが間断なく行われ続けるのであれば、それは衝撃が無限に倍加していくということだ。間に挟まれている生き物がいなくなるまで。

「やるじゃねえか！　このまま畳み掛けるぞ！」

見ると、ウォルフは既にドラゴンに向かって走り出していた。

俺は何があったのか考えるのは後にして、ウォルフの後を追い攻撃を再開した。


——ズゥウン!!


それからしばらく戦いを続けたが、顎が外れ、腹を裂かれ、尻尾が取れた状態ではまともに動くことができなかったようで、ドラゴンを倒すことができた。

「ぅおっしゃあああぁぁぁ!!」

ウォルフが勝利に叫びをあげるが、まだ戦いは終わったわけじゃない。

「まだ雑魚が残ってるんだ。早く終わらせるぞ」

「わぁってるよ」

ドラゴンさえ倒せれば、あとは雑魚だけだ。

俺たちがドラゴンと戦っている間も、魔物を後ろに通すまいと里の者たちは奮戦していたようで、敵の数はかなり減っている。

皆満身創痍《まんしんそうい》といった様子だったが、一匹も魔物を通すことなく戦いは終わった。

「俺たちの勝ちだっ!!」

「「「「うおおおおお!!」」」」

こうして俺たちは里を守りきることができたのだった。

討伐隊の一部が周囲に魔物が残っていないか確認している間に、俺を含めた残りの面々は、無事を確認するために避難場所へと向かった。

一刻も早く確認したいのだろう。全員魔物の血に染まったまま一言も話さずに目的地に向かって走っている。

「おかえりなさいませ」

俺はウォードと共に避難場所へと向かったんだが、そんな俺たちを、イリンが出迎えた。

「ただい――」

「イリン!! 怪我はないか？　魔物は来なかったか？　怖くなかったか？」

俺が言い切る前にウォードが飛び出しイリンに抱きつく。一度イリンのことを失いかけたからだろうか、ウォードはイリンに対してかなり過保護になっているようだ。

だが、イリンが無事なことに安堵《あんど》するウォードとは対照的に、イリンの表情は優れない。

何かあったんだろうか？

「ウォード。そこまでになさい。イリンが困っているわ」

と、そこにエーリーがウォードを止めに入った。

「エーリー！　だが心配だったんだぞ！　怪我をしていないか確認しないと……」

「私も心配していたけど、今は私たちの番じゃないの。ほら来なさい」

エーリーはそう言うと俺の方を見て笑ったあと、ウォードを引きずっていった。

俺に向けられたエーリーの笑みの意味するところは理解できる。気を利《き》かせてくれたんだろう。

だが止めるならもう少し早く止めて欲しかった。せっかくイリンが綺麗にしたと思われる服や髪が血で染まっている。

イリンは連れていかれた父親のことを睨んでいるが、俺は気にせずにイリンに声をかけた。

「ただ――」

「イリン!!」

――が、またも俺が言い切る前に邪魔が入った。

「ああイリン！　大丈夫だった？　怪我はない？　魔物は来なかった？　怖くなかった？」

イリンのことを溺愛《できあい》している姉のイーラだ。さすが親娘《おやこ》と言うべきか、言っていることが父親と同じだ。

「もう大丈夫！　魔物は全部倒したから！　何も心配することはないわよ」

ウォードと同じように血まみれの格好のまま膝《ひざ》をつきイリンに抱きついたイーラ。既にイリンの服は、元の清潔感などかけらも見られない。

それが原因か、あるいは俺と話すのを邪魔されているからかは分からないけど、イリンはとても怒っているように見える。イリンの顔は笑っているけど、とても怖い。

「ああイリン。それにしてもなんて可愛いのかしら。イリンの笑顔を見られるだけで戦いの疲れなんて吹き飛ぶけど、こんなに可愛い格好で出迎えてもらえるなんて！」

イリンの怒りに気づかないイーラは血まみれの格好のままでまだイリンに抱きついており、さらに血のついた手で頭を撫でる。そしてイリンはさらに血まみれになっていく。

流石にそこまでいくとイリンも笑顔を保っているのが難しくなったようで、スッと冷ややかな目で自身に抱きつく姉を見下ろした。

その視線は向けられていない筈の俺でさえも悪寒を感じるほどだったが、イーラは気づいていないようだ。むしろ俺を睨んできてさえいる。

「イーラ。放してあげなさい」

イリンが何かやらかさないか心配になってきたところで、さっきウォードを連れていったエーリーと同じように、イーヴィンがイーラのことを窘《たしな》めた。

「でもイリンのことが心配だったのよ!?　母さんは心配じゃなかったっていうの!?」

「もちろん心配していたけれど、今は放してあげなさい。そんな汚れた格好で抱きついて……イリンにも汚れがついてしまっているじゃない」

「ああっ!?　ごめんねイリン！　そんなつもりじゃなかったの！　……そうだ一緒に水浴びに行き

ましょう！　私が洗ってあげるから！」

今更になって自分の格好を思い出したイーラは一緒に洗いに行こうと提案しているが、下心にあふれているのが見て取れる。

「いえ、結構です」

「そんなこと言わないでさぁ。ね？　行こうよ」

「断られたのだから諦めなさい。これ以上しつこいとイリンに嫌われるわよ」

「え？　いや、そんなことはないでしょ？　イリンが私を嫌うなんて。ねえ？」

イーラがイリンに語りかけるが、イリンはニコリともせずに姉を見ているだけだった。

「え……うそ……？」

「ほら。いくわよ」

エーリーはショックを受けているイーラを、父親と同じように引きずって連れていく。

俺はその様子を眺めた後、イリンに向き直った。

改めてイリンの格好を見るが、綺麗にしていた服も髪も、血で汚れてしまっている。

その表情は先ほどとは違って笑顔に戻っているが、それがまた一段と怖く感じるのは気のせいだろうか？

「……少々失礼します」

と、イリンはぺこりと頭を下げてから懐に手を入れ何かを取り出した。

……？　あれは……どこかで見たような……？

イリンが取り出したものから液体が溢《あふ》れ出し、イリンの体を覆う。

「……ん、んぅ……」

どことなく艶《なまめ》かしい声を出すイリンを見て思い出した。あれは俺が前イリンに貸した洗浄の魔術具じゃないか。あの後しっかり回収した筈だが……あれ、本当に回収したっけ？

「お待たせいたしました」

すっかり汚れが落ち、綺麗になったイリンに見つめられるが、何と言えばいいのか戸惑う。

こう改めて向き合うと、気恥ずかしさがこみ上げてくるな。

「……ただいま」

なんとかそう口にすることはできはしたが、だいぶ恥ずかしい。ふいっと顔を逸らしてしまった。

だが、イリンはそれだけで十分だったようで、満面の笑みを浮かべた。

俺はそれが無性に照れ臭くて、それを誤魔化すためにイリンの頭を撫でてしまった。うん、これは仕方ない……そう、仕方がないんだ。

イリンが笑っている。それだけで温かい気持ちになれる。この笑顔を見ることができただけでも、戦いを頑張った意味は十分にあると思えた。

……でも、この子を怪我させてしまったことの――魔族との戦いで俺を庇《かば》って尻尾を失ってしまったことのけじめは、しっかりとつけなくてはならないよな。


里を守るための戦いを終えてから数日。

今日も俺は、イリンと共に里を散策していた。

せっかくだから、この里を出ていく前に色々見て回ろうと思ったのだ。

まあ、それ以外にやることがないというのも理由ではあったが。

戦いの後、倒した魔物の処理を行なったのだが、その際に、ドラゴンの素材を貰った。

ウォルフからは「自分がやったのは時間稼ぎで、ドラゴンを倒したのはお前のおかげだから全部やる」なんて言われたが、そういうわけにもいかないので、とりあえず今後必要になりそうな分だけ貰った。

その処理の後は、里をあげて、誰一人として欠けることなく生き残れたことを祝う宴会が行なわれた。

怪我人もいるし、もうそろそろ冬が近いからそれほど多くの食料が使えるわけじゃなかったが、俺が薬や食料を提供したので、予定よりも賑《にぎ》やかな宴会になった。

その宴会の時に、イリンの兄二人が俺に謝りに来た。

「今まですまなかった」

「……助けていただき、ありがとうございました」

それだけ言うと二人はすぐにいなくなってしまったが、誰かに言われたんじゃなくて、自分の意志で謝りにきたんだなってことは分かった。

俺はやっと、本当の意味でここの住民に認められたのだろう。

そんなことを思い返しながらイリンの家に戻ると、イーヴィンが出迎えてくれた。

「おかえりなさい、イリン」

その言葉は、イリンがこの里に帰ってきた時と同じものだが、こめられた意味は違う。

あの時は『特別』な気持ちがこめられていたんだろうが、今のは『日常』のものだ。

それは、イリンが帰ってきてからの生活が既に、『特別』から『日常』へと戻っているということを表しているように思えた。

魔物の襲撃以来、イリンの家族とは前にも増して良好な関係を築けている。

イリンの兄たちは、俺に対する意識をすっかり改めたのか、対等に接してくるようになったし、イーヴィンとエーリーとは、食料を渡したこともあってかすっかり仲良くなった。

なぜ食料を渡したかというと、里の冬支度の足しにするためだ。

必ず雪が降るわけでもないが、植物も動物も減るので、冬支度をする必要がある。

だが、魔物の襲撃があったために今年は準備が大変だろうというので、宴会で提供したもの以外にも、俺が溜《た》め込んでいた食料を必要最低限残して里に渡したのだ。

町に寄る度に色々買い漁っていたとはいえ、里全体のことを考えれば大した量ではない。

それでも俺が渡したもののおかげでその準備が大分短縮できそうだと喜んでいた。

後はイリンの姉であるイーラだが……相変わらず顔を合わせる度に睨まれ続けていたが、仕方がないと割り切ることにした。


「そういえば、イリンが村に受け入れられるための儀式的なものがあったと思うんだが……それはいつやるんだ？」

「なんだそれは？」

そろそろこの里を出ていこうと考えていた俺は、夕食時にウォードに尋ねてみた。

しかし返ってきたのは、不思議そうな声だった。

「は？　いや、前にイリンがウォルフにそんなようなことを聞いてたぞ？　大人に交じって狩りなんかに参加することができるようになるための儀式があるって。それを終えて、本当の意味で村の一員になる……みたいな感じのやつ。違ったか？」

もしかして俺の覚え間違いだろうか？

いや、でも確かに言ってたよな。イリンが受け入れられるかどうかなんて重要なことを聞き逃す筈がない。

「ああ、それか。それなら十日後にやることに決まった」

俺の補足の言葉で何を指しているのか分かったのか、ウォードは納得したように頷いた。

「十日か……それまでここにいていいか？　せっかくなら最後まで見届けたいんだ」

本当なら、その儀式の前に出ていこうと思ってたんだが、せっかくだからな。

「ああ、問題ない。なんなら、それ以上いても構わんぞ？」

「いや、元々ここにはイリンを送り届けにきただけだから」

こっちの世界に来てから色々とあったが、この里はいつまでもいたいと思えるほど、居心地がいい。

だがそれでも俺はやらなくちゃいけない……というか、やりたいことが二つある。

それは、俺が見捨てていった勇者たちを助け出すことと、イリンの怪我を治す方法を探すこと。

いくらここが居心地がいいからって、それを無視していることはできない。

ただ、せめてイリンがこの里にしっかりと受け入れられる様子を見たい。そうすれば、俺は安心してあの子をここに置いて旅に出られるだろうから。

「出ていくのは分かったが、いつでも戻ってきていいからな」

「ああ、その時はまた厄介になるよ」

その後は普段よりも賑やかな食事の時間となった。

だが、そんないつもよりも騒がしい夕食の中で、イリンは何も言わずにただ黙っていた。


「アンドー」

後数日でこの里を出ていくと改めて決まったということで、せっかくなので一人で夜の散歩に行くことにした。そんな俺の背に声がかかる。

「なんだ？　何か用か？」

振り向くとウォードが俺の方へと近づいて来ていた。

「本当に出ていくのか？」

「ああ。さっき話した通りだ」

視線を前に戻して俺が歩き出すとウォードも隣を歩く。

「……でもまあ、そのうち戻ってくるさ」

「そうか……」

しばらくの間、俺たちは男二人で無言のまま歩いていたが、覚悟を決めて口を開く。

「……あー、その。なんだ……」

「？　どうした？」

「ああいや、なんて言ったものか……」

覚悟を決め切れなかった。緊張してうまく言葉が出ない。

「……イリンのことだろ」

「……分かるか？」

「お前があの時言った言葉、忘れるわけがないだろうが」

あの時とはいつだろうか？　それほどの何かを俺は言っていたか？

「…………お義父さん」

ボソリと呟かれたその言葉は、魔物の迎撃の時のものだ。

……そういや、そんな恥ずかしいことを言ってたっけ。

「あー、それはその、なんだ……あれだよ……」

「イリンと番《つが》うんだろ？」

「番う……まあそうだな。そうなればいいとは思っている」

番うという表現に違和感はあるが、その通りだ。

……不思議なものだ。最初はあれほど疑って離れようとしていたのに。今ではできれば離れたくないと思ってる。

「だが、そのためにはケジメを付けないといけないだろう？　俺がバカだったからイリンは怪我した。であれば、それを治すのがケジメだ」

「俺たちはそんなことを気にしたりしないが……」

「俺がするんだよ……それからじゃないと、しっかりと向き合えないような気がしてな」

「……意外とめんどくさい性格をしてたんだな」

その言葉に俺は苦い顔をするが、逆にウォードは笑っている。

「……だが、お前が出ていくのを、イリンがあっさり認めるとも思えないぞ。さっきは黙っていたが、いざ出ていくとなったら勝手についていきそうな気がするんだが。どうするつもりだ？」

確かにそのことは俺も考えた。だが問題ない。

「それなら大丈夫だ。俺はイリンと約束したからな。三年経ったら結婚相手として考える。その代わりに、それまでは親の元で暮らせってな」

自分の気持ちを再確認した今、正直に言うなら、俺が帰ってくるまで結婚してほしくない。

だが、約束を翻《ひるがえ》して、三年と言わずずっと待ってろって言うのはなんとなく憚《はばか》られた。

いずれにしても、イリンは約束を守るだろうから、俺を追って来ることは、三年はない筈だ。

「三年か……イリンが本当にそんな条件を呑んだのか？」

「ああ、だからイリンが俺を追ってくる心配はない。約束を破るようなことはしないだろうからな。

それに三年以内には一度戻ってこようとは思ってるんだ。治す方法が見つからなかったとしてもな。そう言えば納得するだろう」

「そうだろうか……」

だが俺がそう言ってもウォードは不安があるのか顔をしかめたままだ。

「……なんだ。何か懸念《けねん》があるのか？」

「アンドー、お前は獣人の……というか、この一族のことをどれだけ知っている？」

ウォードが突然そんなことを言い出した。いきなり何を？　と思ったが、この状況で言うのだから何かあるのだろう。

「それは当たり障《さわ》りのないことじゃなくて、もっと本質的なことか？」

「そうだ」

そう言われて考えてみたが、よく分からなかった。

獣人は普通、身体能力が高い代わりに魔術的素養がほとんどないが、この里の獣人たちは、何らかの理由で魔術を使える……といったところか。

あとはせいぜい、耳と尻尾が生えていて、人間よりも本能的に行動するということくらいだ。

「……いや。知らない」

「そうか……この一族、特に女はな、狙ったものは手に入れるまで追い続けるんだよ」

どこか遠い目をしたウォード曰《いわ》く、一度狙ったものはどんなものでも、どこまで行っても、どんな手を使ってでも手に入れようとするそうだ。

……まあ、そう言われてみればイリンもそうだったな。

俺の元に来るために、一ヶ月もしないうちに俺の場所を探し当て、そして俺が城から逃げだした時にはそれを察知して追ってきた。その行動力は異常と言えるだろう。

「思い当たることがあるみたいだな」

その時を思い出した俺の表情を見て、ウォードがそう言ってきた。

「……大丈夫だろ。約束を破るような子じゃない筈だ」

そうは強がってみたものの、何とも言えない不安が湧き上がってきた。

「まあなんだ……応援しているぞ」

「……いいのか？　父親なんだから、思うところがあるんじゃないのか？」

最初に顔を合わせた時、イリンが人間に好意を寄せていることに難色を示してた気がするが。

「そうだ。俺の願いは、イリンが幸せになること。だからイリンが幸せならどこに行こうと、誰と番うことになろうと問題ない……できればこの里にいてくれれば嬉しいのは間違いないがな」

ウォードはそう言って、ニカッと笑った。

「申し訳ありません、ご主人様。今日は同行することができません」

今日はウォルフに里を出る報告と諸々の礼をしに行こう。そう思ってイリンの予定を聞いたのだが、そう言って断られてしまった。

「それは構わないけど……珍しいな、イリンがついてこないなんて」

というよりも、初めてじゃないだろうか？

まあ、常にくっついているのもおかしな話だし、何か用事があったとしても不思議ではない。

俺は特に疑問に思うこともなく頷き、一人でウォルフのところに向かった。


「よう」

ウォルフの家に向かう途中、俺の目的であるウォルフと出会う。

「俺が歩いていると毎回会うような気がするんだが、長ってのは暇なのか？」

「ああ暇だな。まあ長なんて暇な方がいいんだけどよ」

それもそうだ。長が忙しいってことは、それだけ問題があるってことだからな。

「それよりも、今日はイリンはいないのか？」

俺の後ろ、いつもならイリンがいる場所を見てそう言った。

「ああ。何か用事があるみたいだな」

ウォルフは一瞬だけ眉を寄せたが、その変化は一瞬だけですぐにいつも通りの顔に戻った……なんだったんだ？

気になりはしたが、ことさら追求することでもないので無視でいいか。必要なら言うだろうし。

俺は気にしないことにして、ウォルフに伝えるべきことを伝える。

「あっと、そうだ。お前には言うことがあって会いに行こうと思ってたんだ」

「あん？　何をだ？」

「俺、イリンが儀式を終えたらこの里を出てくから」

「は？　そりゃまた急だな。何かあったか？」

「いや、急ってほどでもないだろ。それに、そろそろ別の場所に行こうかってな。元々イリンを送り届けにきただけだし」

肩をすくめてみせると、ウォルフは納得したようだ。

「そうか……旅人のお前が出てくのは当たり前か……」

だが、そう言ったウォルフの顔はどこか少しだけ寂しそうであった。

「残る気はねぇのか？」

「ないな」

「……はぁ、そうかよ。せっかく勇者が里の防衛に加わると思ってたんだがなぁ」

「それはもう手伝ってやっただろうが。というかよそから来た奴をあてにすんなよ」

自分の治める領域の守りを他国から来た奴に任せるなんてあり得ない。それも、獣人の敵である王国からやってきたばかりの奴に。

「それで、イリンはどうすんだよ」

「お前も聞くのかよ」

ウォードにも聞かれたことを、ほとんど同じ顔であるウォルフに言われると、決心が少しだけ揺らぐ。

俺は顔をしかめて拒絶の意を示すが、ウォルフには意味がなかった。

「そりゃあそうだろ。気になるじゃねえか」

しばらく見つめ合ったが、ウォルフは引く気がないようだ。

まあ、隠すほどのことではないんだけどさ……

「……イリンはここに残していくよ」

「ほおぉ」

ウォルフはそれまでの笑顔とは違って、俺の心の中を見透かすような視線を向けてきた。

そういや、この里に来た時も同じような目を向けられたっけ。

「そりゃあなんか理由でもあんのか？　イリンと番いたいんだろ？」

「……俺はこれから探し物をするために旅をする。それからじゃないとイリンに向き合えないんだよ」

そう言うと、ウォルフの目つきはいつも通りに戻った。何だったんだ？

「あん？　……おめえ意外とメンドくせぇ性格してたんだな」

「お前の弟にも全く同じこと言われたよ」

ウォードに話した時と同じことを言われて、性格は違って見えてもやっぱり兄弟なんだな、と苦笑いした。

「……なあ」

「ん？」

「お前は、イリンが儀式を終えるまではここにいんだよな？」

「ああ、そのつもりだ」

「そうかよ」

俺の言葉を聞いたウォルフは黙り込んでしまう。なんだ？　俺がここにいちゃまずい、ってわけではないんだろうけど、なんだかそんなニュアンスを感じた気がする。

だがさっきは残って欲しいみたいな感じのことを言ってたし……分からん。

「それがどうかしたのか？」

「……そんで、番う気もあんだよな？」

分からないなら聞いてみた方が早いと思ったのだが、ウォルフはそんな俺の問いに答えることはなく話を続けた。

「まあ、な」

「……そうかよ。なら……」

そのことに疑問を覚えながらもとりあえず頷いたのだが、そこでまたウォルフは言葉を止めて黙り込んでしまった。本当になんなんだ？

「ウォルフ？」

「…………いや、なんでもねえ」

「そういうのは大抵何かある奴の言い方だろ」

「気にすんな」

そう言われても、今のやり取りで何も気にしない方が無理ってもんだろ。

だがやはり答える気はないようで、ウォルフはそのまま俺に背を向け、どこぞへと去っていった。

「何か、あるのか……？」

そんな俺の呟きは誰にも届くことなく、ただ虚《むな》しく消えていった。

「今日か……」

ウォルフと話してから数日、イリンが例の儀式に挑む当日となった。

この日を無事に乗り越えることで、イリンは本当の意味で里の一員として迎えられるらしい。

多分あれだ。大人ではないけど子供ではないっていう半成人みたいな感じだと思う。

俺の視線の先では普段のメイド服とは違ってしっかりと武装した状態のイリンがいる。激励でもしているのか、傍らにはイーヴィンとウォードがいた。

俺は儀式の詳細が分からないので、邪魔にならないように少し離れた場所から、イリンが儀式を始める様子を見ようと思っていた。

しかし不意に視線が合うと、イリンは笑顔になって小走りでこちらに駆け寄ってきた。

「あのっ！　私、立派に儀式を終えてきます！」

「ああ、応援してるよ。頑張って行け」

「はい！　……あの、それでお願いがあるのですが……」

イリンは元気よく返事をしたが、その直後には、もじもじとしながら胸の前で手を組んで小さな声でそう口にした。

「ん？　どうした？」

「うあ……その…………あ、頭を……撫でてはいただけませんでしょうか？」

断られることを心配しているのか、若干怯《おび》えの滲んだ瞳《ひとみ》で見上げてくるイリン。

俺は一瞬だけ躊躇《ためら》ったが、手を伸ばしてイリンの頭の上に置き、ゆっくりと動かした。

この里を離れていくのに未練が残りそうなんだが……まあこれくらいのお願いは聞いてやるべきだろう。

「あ、ありがとうございまひた！」

「ああ……それと、これを」

本当はこんなことをするつもりじゃなかった。だがそれでも、これくらいは、と収納から一つの首飾りを取り出してイリンに差し出した。

「え？　あの……」

「それはお守りだ」

それはあまり装飾のない、小さな飾りがついただけの細いチェーンの首飾りだ。

イリンは自分の手の中にあるその首飾りをまじまじと見ると、すぐにつけようとする。

しかし慣れていないからか、うまくつけることができずにいた。

それを見た俺は、イリンの背後に回り、首飾りをつけるべくイリンの手に自分の手を重ねた。

そうしてイリンの首につけたものと同じ形の首飾りを自分も身につけ、俺はイリンに笑いかけた。

「頑張れよ」

「は、はい！　絶対に試練を乗り越えてあなた様の元へと戻ってまいります！」

そう言ってイリンは再び俺から離れると、家族の元へと戻っていき、そして、ついにイリンの儀式が始まった。

「……あれは、ウォルフか？　あいつ、どこに行こうとしてるんだ？」

儀式の始まりの宣言やら何やらを終えたあと、森に入るイリンの背を見送る俺たち。

今この場でやることはこれで終わりなので、解散してそれぞれ家に戻ろうとしたのだが、その中でウォルフ一人だけが、別の方向へ行こうとしているのに気がついた。

普通に考えれば、長として何かしらの仕事があるのかもしれない。

しかしなんだかその後ろ姿に不安を感じた俺は、その後を追うことにした。

しばらくウォルフの後を尾けていくと、そこには小さな洞窟《どうくつ》があった。

「――で、なんの用だよ」

「気づいてたのか」

「たりめえだろうが。ここで何年暮らしてっと思ってんだ」

洞窟の前で立ち止まったウォルフが、こちらを振り向くこともせずに話しかけてきたので、俺は姿を見せることにした。

「儀式はいいのか？　イリンが出発したとはいえ、事務作業か何かあったりするんじゃないのか？」

「儀式……儀式ね……」

なんだ？　さっきこいつの背を見た時から感じてた不安が、ここに来て更にざわめき始めた。

この間こいつと話をした時にも感じたが、やっぱり何かあるのか？

「おめえは今イリンが受けてる儀式がなんなのか分かってねえだろ？」

「何のって……それはこの里に受け入れられるためのやつじゃ……」

「ちげえよ。里に受け入れられるってんなら、あいつはもう受け入れられてんよ」

「じゃあ、なんのために……」

「イリンが今受けてる儀式、ありゃあ成人するためのもんだ」

……は？　せいじん？

＊＊＊

「着いた……」

儀式が始まってから歩き続けて、ようやく辿り着いた『聖域』。

聖域って言っても特に何か、境目や目印なんかがあるわけでもない。

でもはっきりと分かる。この先には私の中にある力の源がいるって。

この聖域の中にいる神獣に会って認められれば、晴れて成人になれる。

そうすれば、今度はもう誰にも止められることなくご主人様と共にいることができるんだから、そのためにも頑張らないと！

そこで私はハッとした。こんなところで立ち止まってる暇なんてなかった。

あと少しなんだから早く終わらせちゃおう。

そうと決めると、私は神獣がいると思わしき方向へと再び歩き出した。


「――何用か」

しばらく進んでいくと少しひらけた場所に出た。

そこにいたのは、私たちの髪の色より少し濃い色をした体毛に包まれた巨狼《きょろう》。

これが神獣……

今までに感じたことのない存在感に圧倒されるけど、早くご主人様の元に戻って成長した姿を見せたいと思い直し、神獣を見据《みす》える。

「儀式で参りました。私を成人と認めていただきたく願います」

みんなからの話だと、後は神獣から認められて、体の中にある神獣の力を操れるようになれば、その力に合わせて体が成人へと成長するらしい。

ただ、実はこの神獣の力、私は自力で操れている。だから身体能力を引き上げる魔術を使えたりするんだけど……

神獣に改めて認められれば、もっとちゃんと力を操れて、風の魔術を使えるようになるし、さらに身体も成長する筈。

獣人にとっては力は重要だけど、私にとってはどっちかっていうと力よりも体の成長の方が重要だった。

しかし目の前の神獣は、全く予想外の言葉を吐いた。

「……何を申している。其方《そなた》は既に成人になっているであろう」

「え？」

つい間の抜けた声を出してしまった。

何を言っているの？　そう言い返したかった。

確かに私は力は操れているけど……

と、そこで一つの考えが思い浮かんだ。

……待って。もしかして自力で力を制御したせい？

過去、自力で力を制御できるようになった者はおらず、詳細は一切伝わっていない。試みようとした者は、全員命を落としているのだ。

もしそれが原因で、私は成人になれないとしたら……

そう考えると、サッと血の気が引いていった。

「でも、私はまだ小さいままです！」

そんなことはないと言ってほしい私は、礼儀なんて忘れて大声を上げてしまった。

「だが、其方《そなた》の力は既に安定している」

神獣が私の言葉をはっきりと否定したことで、目の前が真っ暗になるほどの絶望を感じた。

大人になれば――成人すればご主人様についていくことができるのに。成人できないのであれば、私は一生後を追うことができない。

それどころか、ご主人様がもう一度里に来たとしても、結婚どころか、求婚すらできない。

「……む？　いや、これは――」

目の前で神獣がなんだか困惑するように感じられたが、そんなことはどうでもよかった。

今の私にはこれからどうするか、どうすればいいのかしか考えられない。

「――其方《そなた》、『適合者《てきごうしゃ》』か」

でも神獣は、私の内心なんかおかまいなしに話し出した。

「……適合者？」

そんな言葉は聞いたことがなかった。でも目の前の巨狼はそのまま続けていく。

「そうか。やっと来たか……であれば仕方がない、か」

「どうにか！　どうにかならないの⁉　適合者って何なの！」

「……適合者とは、我の力を完全に受け入れられる者のことだ。より多くの力を受け入れ、全て自身で制御できるようになり……他より優れた力を持つことができる」

なんでかさっきまでよりもしっかりと話してくれてるけど……力なんてどうでもいい。

そんなことより、私にとっては成人できるかどうかが問題だった。

「私は成人にはなれないの⁉　このまま大きくなることができないの⁉」

「できぬ」

「そん、な……」

ぐちゃぐちゃになった心を抑えることができず、私はキッと神獣のことを睨みつける。

「でも！　私はっ！　私はまだ魔術を使えません！」

まだだ！　と、そんなことは認めない！　と、一縷《いちる》の望みにかけて反論する。

成人すれば、得意不得意はあっても、風に関する魔術を使えるようになる。なのに私はまだ魔術を使うことができない。それこそが私がまだ成人していない証拠だ。

「それがどうした。其方《そなた》らの一族の使う風の魔術とは、我が力に適合しきれなかった者が、溢れた力にその身を潰されぬよう、吐き出しているに過ぎぬ。完全に適合しきった其方《そなた》は、魔術なぞ使う必要がない……肉体の成長も、余剰《よじょう》な力によるものだ。そうしなくては、体内の力に耐え切れぬ故。力が安定している以上は成長など必要ない」

初めて知った驚愕の事実だけど、そんなことはどうでもいい。

大きくなれないのであれば、ご主人様との約束も意味のないものになってしまう……どうしよう。どうしよう。どうしよう。どうしよう。どうしよう──

私の頭の中が、いつかのように「どうしよう」という言葉で埋め尽くされていく。

そんな私を見ながら神獣が語りかけてきた。

「……そのままでは其方《そなた》は大きくならぬ。だが、我であれば多少面倒ではあるが大きくすることができないわけではない……よかろう。望むのであれば、成人として体を成長させるとしよう」

「あ、ありがとうございます‼」

神獣の言葉は、私にとっては希望そのものだった。

しかし同時に、先ほどまでの私の態度がとてもまずいものだったことに気がついた。

「あ、あの。先ほどまで無礼な態度を取ってしまい申し訳ありませんでした……」

「……構わん。其方《そなた》は大事な適合者。それしきのことで罰《ばっ》したりはせぬ」

私はほっと胸をなでおろした。よかった、これでご主人様を追うことができ──

「──が、一つやってもらうことがある」

「やってもらうこと？」

「そう難しいことではない。其方《そなた》はただそこにいるだけでよい」

なんだろう？　神獣ほどの力を持った者が面倒という作業をしてくれるのに、その対価がただいるだけでいいなんて、いったい何が……

「──其方《そなた》には我が子を孕《はら》んでもらう」

「…………え？」

わたしは、いま何を、いわれたの？

第3章　成人の儀式

「――は？」

目の前のウォルフから想定外の言葉が発され、俺、アキトはぽかんと口を開けてしまう。

成人するための、とはどういうことだ？　だってアレは、イリンがこの里に受け入れられるためのものだって……

「せい、じん？」

いや待て、落ち着け。落ち着いてよく考えろ。

確かに俺は、イリンの受けている儀式が成人するためのものだとは聞かされていなかったが、それがどう問題がある？

イリンがこの里に受け入れられ、より一層馴染めるようになるだけだろう。

そもそも、成人の儀式ってそんなに大仰《おおぎょう》にするものなのか？

……まあ地球でも、部族では成人する際に度胸試し的なチャレンジがあるところもあった気がするし、そんなにおかしなことではないのか。

「そうだ。俺たちはちっと特殊でな。一定の年齢になったら儀式をして、大人の体へと成長する。まるでそいつの体だけ時間の流れが早くなったみたいにな」

「ってことは、イリンも……」

成長するんだろうな、なんて楽観していたのだが、その後のウォルフの言葉は、俺を不安にさせるのに十分なものだった。

「ああ。だが……」

「……なんだ？　なんか問題点でもあるのか？」

俺はそう尋ねたのだが、ウォルフはそんな問いに答えることなく空を見上げている。

「……やっぱよぉ、気づかねえと思うのは、楽観しすぎだよな……」

「何がだよ」

そして空を見上げたまま呟かれたそれは、俺に向けているようで、全く別の何かに向かって放たれたようにも思える。

少なくとも、酷く苦しげな思いがこめられているように感じられた。

「頼みがある。今更すぎるし、俺が言えたことじゃねえのも分かってる。だがそれでも、お前に頼みたいことがあるんだ」

空を見上げていた顔を俺へと向けて、まっすぐ見据えてくるウォルフ。

だがその顔には、普段のような覇気《はき》はなかった。

そんな明らかにおかしい様子のウォルフに、俺はただ無言でいることしかできなかった。

「……これからする話を、里の奴らは知らねえ。長と、次期長しか知ることのねえ話だ。本来は里の者には伝えちゃならねえが……お前はまだ里の者じゃない」

そんな俺を無視して、ウォルフは洞窟の中へと歩きながらそう話し始めた。

なんと反応していいか分からないが、それでも置いていかれてはまずいとウォルフの後に続く。

少し進んだところで、ウォルフは剥《む》き出しの地面にどかりと腰を下ろした。そしてしばらく目を瞑ったのちに、数度の深呼吸をしてから話し出す。

「俺たちの先祖は、元は普通の人間だった」

そして告げられたのはそんな言葉だった。

自分たちの先祖は人間だった。

そう言ったウォルフの姿は、どう見てもただの人間ではない。それは娘のイリンや妻のイーヴィンたちを見れば明らかだ。

どこかで人間の血が混じったという意味なら、先祖が人間だったという言葉もそうおかしくないが、今の言葉はそういうことではないのだろう。

わけが分からずにウォルフの言葉の意味を考えていると、その答えが出る前にウォルフは言葉を続けた。

「人間だった俺たちの先祖が、神獣から力を与えられたことで今みてえな姿に変わったんだ」

「そんなことが、あるのか？」

「ある。実例が俺たちだ。よく思い出してみろ。俺たちは人間に獣の耳と尻尾を足したような見た目をしてるが、この里に二足歩行の獣のような見た目の奴はいたか？」

「……いや、いないな」

獣人にはイリンたちみたいに耳や尻尾だけの獣人と、ぬいぐるみが二足歩行しているような見た目の獣人とで二種類いる。

街では入り混じって見かけたが、そういえばこの里では前者——半獣人や耳獣人とも呼ばれる、耳や尻尾だけの特徴が現れている方しか見ていない。

「そもそもおかしいと思わなかったか？　この世界じゃあ、種族がちげぇ奴の間の子供は、必ず両親のどちらかの種族として生まれる」

それは知っている。この世界は異種族間でも『人』とされているもの同士であれば子供をなすことはできる。だが、ハーフというものが存在しない。必ず既存の種族として生まれるのだ。

「だってのに、俺たちは人間と獣人の両方が混じった半端な見た目をしている。これはおかしなことじゃねえか？」

……言われてみれば確かに、とも思う。この世界ではハーフは産まれない。

だとしたら今俺の目の前にいる、二足歩行の獣のような獣人と人間の中間《ハーフ》のような存在のウォルフたちは、どうやって生まれた？

しかしだ。

「……いや待て。だがお前たち以外にも街では同じような奴は見かけたぞ？」

確かに割合で言えば獣姿の獣人の方が多かったかもしれない。だが、目の前にいるウォードたちのような耳や尻尾だけが現れた半獣人がいなかったわけではないのだ。

「それは当然だ。神獣は、ここ以外にも存在しているのだからな。同じような者がいてもおかしくはない」

……ああそうか。最初に言っていた神獣の力によって人が獣人になるというのなら、それは神獣の数だけウォルフたちと同じような獣人がいるってことか。

でも、それが事実だったとして、それが今回の件とどう関係があるんだ？

ウォルフやイリンの先祖が人間で、神獣の力によって半獣人化したってのは、まあ分かった。

だがそれが分かったところで、ウォルフが今もなおそんな表情をしている理由が分からない。

「……数百年前、俺たちの先祖はこの辺りに現れた魔物を倒しに討伐隊を編成した」

俺が悩んでいると、ウォルフはおもむろにそう話し始めた。

「その魔物は強力で、百人以上いた討伐隊は壊滅。生き残ったのは十人程度らしい」

百人で戦っても倒せない相手か……それが本当だとしたら、かなりの強力な魔物だろうな。ドラゴンとかか？

……いや待て。ちょっと待てよ……詳細を聞くことはできなかったが、確か儀式ってのは、山の中にある特定の場所に行って何かをするんだったよな？

話の流れからして、その強力な魔物がそこにいるのか？

……いや、仮にそうだったとしても、今までは成人の儀式は普通にやってきたわけだし、その魔物だって友好的な可能性が高い……だけど、それならなんでウォルフはこんな顔をしているんだ？

「だが、それだって運良く生き残ったわけじゃねえ。そいつらは『生き残らされた』んだ」

俺の考えをよそに、ウォルフは話を続ける。その表情は感情を乗せまいとしているのか無表情だが、拳はプルプルと震えている。

そんな普段とはあまりにかけ離れたウォルフの様子を見て、俺は頭の中の考えを一旦置いておいて、ウォルフの話に意識を傾ける。

「討伐対象だった魔物は、何を思ったのか討伐隊の中にいた女を襲い、犯した。普通なら魔物と人の間に子供はできねえ筈だが、その時は違った。討伐隊の中の一人が子を孕み、それを育てるために必要だからと、生き残った他の者たちも生かされた。そんな奴らが作ったのが、この里だ」

今ウォルフのしている話は今の状況に関わっている筈だ。だが、それがイリンにどうつながるのか分からない。

「生かされた人間たちは魔物の力を分け与えられ、その体を変異させた。そして、産まれた子は普通の人間よりも強靭《きょうじん》な体を持ち、その魔物の特徴をもって生まれた」

「待て。それじゃあその魔物ってのは……」

「そうだ。俺たちの里が祀《まつ》っている魔物——神獣だ」

淡々と吐き出されたその言葉に、俺は目を見開き驚愕を露わにする。

この里が、魔物を祀っていた？

……いや、そうか。以前俺は、この森の生き物は緑色をしたものが多いことに疑問を持った。

それを里の人たちに聞いた時、この辺りは力の影響を受けている、というような話を聞いたが、その正体が神獣なのか。

「神獣と呼ばれるようになったその魔物は、自身の力を他者に分け与え、分けた者の中で成長した力を回収することを目的としているらしい。ひとえに、自身が強くなるという理由のためにな」

だがその神獣は……話を聞いた限りだが、仲良くなれない、いや、仲良くしたいと塵《ちり》ほども思えないほどに下衆《げす》な奴のようだ。

「クソだな……」

「ああ。俺もそう思う」

特に何も考えず、つい口から零れた言葉にウォルフが同意した。

でもそうか。今のウォルフの話でこの里や一族の成り立ちが分かった。

だがウォルフはさっき、里の者でもこの話を知っている奴はいないと言っていた。

それならなんで、それほどまでに大事なことを俺に話した？

「……でも、その最初に犯された女だっていつまでも生き続けるわけじゃない。だから、いつかは神獣が飽きて、自分たちを手放すことを先祖は願った。だが、どうやら俺たちの中には稀《まれ》に、その女と同じように、神獣の……魔物の子を産めるものが生まれるらしい。『適合者』と神獣が呼んでいるそいつは、成人すると神獣の子を産まされる」

……おい。待てよ。

「おい。なんでその話を今する？　今はイリンの話だろ？　その話は後でも——」

「イリンがその『適合者』だからだ」

＊＊＊

「では始めるとしよう」

神獣はその大きな体を起こして、のそのそと私に近づいてくる。

「ま、待って！　待って！　待ってください‼」

「どうした？　まだ何かあるか？」

神獣は不思議そうに語りかけるが私はそれどころではない。

子を孕むって何⁉　そんなこと誰も言ってなかった！　なんで私がそんなことを⁉

私の頭の中が混乱で埋め尽くされる。でも、神獣はそれ以上待てないみたいだった。

「何もないのであれば始める」

「待って！　な、何で私なの⁉　どうしてあなたの子を孕まなくてはならないの⁉　そんなこと、お母さんからもお姉ちゃんからも、里にいる人たちから聞いたことないのに！」

どうにかしないと、という思いと、時間稼ぎの意味を込めて思いついたことを聞く。

「それは適合者がしばらく現れなかったからであろう。前回は、いつだったか……よく覚えておらぬが数百年は前だったか？　それ故に忘れられたのであろうな」

数百年前……そんなに前ならお母さんたちが知らなくても無理はないのかな……じゃない！

「では始め――」

「まだ！　まだどうして適合者があなたの子供を孕まなくちゃいけないかを聞いてない！」

神獣はまたも遮られて不機嫌そうにしているが、私はここで引く気はない。

「……本来であれば、我が子は同族に産ませるのがいい。だが同族の中には、我が力に耐えられる者がいなかった」

神獣――少なくとも数百年という長い時を生き、仮にも神と呼ばれるほどの力を持っているのだからそれは仕方がないのかもしれない。

「だが、どういうわけか、同族では受け入れられなかった我が力を、ある人間が受け入れることができた。同族では子ができないのであれば仕方がないと期待はせず、戯《たわむ》れにその者を犯してみたのだが予想外にうまくいった――そうしてできたのが其方《そなた》らの祖先であり、其方《そなた》らの里である」

ぞっとするような話であった。まさか自分の種族がそんな経緯《けいい》で生まれただなんて。到底信じられない、信じたくない話だった。

「子はできぬものと諦めていた我は、それ以上必死になって子を作る必要もなかろうと思った……だが、なぜか分からぬが、産まれた子とその子孫には我から力が流れ込んでいた」

その力が、私たちに影響を及ぼしている神獣の力なのだろう。

「それだけではない。我が力を受け取った其方《そなた》らの一族は、死ぬと同時に、流れ込んだ力を上乗せして返してきた。それも、血が濃ければ濃いほど、返ってくる力は大きくなる――故に我は適合者が現れる度、子を産ませることにした。子が増え、死ねば、それだけ我が力は強くなるのだからな」

――儀式とはその選別のためでもある。

神獣ががそう締めくくるけど、まさか里のみんながありがたがっている神獣が、そんなおぞましい存在であるとは知らなかった。

もうこれ以上聞きたくはないけど、相手はどう考えても格上。感情に任せて暴れるわけにはいかない。少しでも多くの情報を引き出してどうにかやり過ごさないと。

「……つまりはあなたが力を手に入れるため、ということでしょうか?」

「その通りだ」

そんなことのために私たちは今まで神獣を祀ってたの?

そんなことのために私はこんなのに子供を産まされようとしてるの?

――ふざけないで!!

「……なぜそれほどの力を持っていて、まだ力を求めるのですか?」

「む? なぜと? ……ふむ。そのようなことを考えたことはなかったが……なぜ、か」

私の問いかけに目を瞑り考え込む神獣。

「……ふむ。其方《そなた》の問いに答えるとすれば、生物が強くあろうとするのは当然であろう?」

そしてゆっくりと目を開けると、神獣はさも当然であるようにそう言った。

「……では、特に意味はないのですね」

「む？　いや、意味はある。強くなるためだ。其方《そなた》は何を聞いていたのだ？」

ああ、ダメだ、と私は思った。言葉は通じているのに、決定的に話が通じていないのだということを理解した。理解せざるを得なかった。

――これが神獣。これが、こんなのが私たちがずっと祀ってきた存在。

言葉は悪いし、ご主人様に仕える者がこんなことを言ってはいけないんだけど――反吐《へど》が出る。

「もうよいな――ではこれから其方《そなた》には、我が子を孕んでもらう」

目の前の強大な力を持った神獣が一歩、また一歩と歩み寄ってくる。

でも神獣はすぐに歩みを止めて、私に問いかける。

「……それはどういう意味だ」

私が手に持つ、抜き身の剣を見て。

「私には既にこの身を捧《ささ》げた方がいます。あなたのような者に、この身を好きにさせるわけには参りません」

神獣の表情は変わらないけど、その身にまとう雰囲気が鋭くなる。

私は無意識のうちに足を引いてしまっていた。

そのことに気づいた私は悔しさで歯を食いしばりながらも、下がった足を元に戻す。

「抵抗など、無意味なことはやめておけ。どのみち我が子を孕むことになるのだから、怪我をしない方がいいだろう？　一度子を産めばその後は用はない。どこへ行くなり、自由にするといい」

「お断りします。先ほども申しましたように私の身は……私の全ては髪の毛の一本、汗の一滴に至るまで、ご主人様に捧げ、ご主人様のために存在します。ですので――」

神獣の言葉に間髪《かんはつ》容《い》れずに返す。

そして私は一度深呼吸をして覚悟を決め、剣を持つ手に力を入れ一歩踏み出し、明確な敵意を持って剣を構えた。

「――誰が相手であったとしても、殺します」

「……ふむ。面倒ではあるが仕方がない」

神獣がため息を吐く。

直後、嫌な予感がしたのでその場から大きく離れると、それまで私のいた場所に、真上から何かが落ちてきて、地面が砕け放射状にひびが入った。

「――四肢《しし》を失う程度は覚悟せよ」

そうして、絶望的なくらい力の離れた敵との戦いが始まった。


――強い。

分かってはいたけど、それでもやっぱり神獣の名前は伊達《だて》じゃなかった。

「うぐぅっ‼」

今もまた、神獣から放たれた魔術を避けきることができずに当たってしまった。既に全身、攻撃を受けていない箇所はないほどだ。

「……はああ‼」

攻撃をくぐり抜けてなんとか近づき、剣を振るう。

けどその攻撃は、毛の一本も切り落とすことができずに止まってしまった。

「まだっ！　――ごっ……‼」

続けて攻撃しようとしたけど、神獣の魔術を今度はまともに喰らってしまい吹き飛ばされる。

「もう力の差は理解できたであろう？　たった一年ほどで自由になることができるのだ。そう抵抗することではあるまいに」

吹き飛ばされてゴロゴロと転がる私を見た神獣がめんどくさそうにしているのが分かった。

確かに、一年の拘束で解放されるなら、こんな全身を痛めつけられるよりはそっちの方がいいのかもしれない。

でも、それはただ拘束されるだけであれば、だ。そこにこんなのの子を産むという条件が加わったら考えるまでもない。

「抵抗するに、決まってるでしょ……私の全ては、ご主人様のために、あるんだから……」

「母体はあまり傷つけたくはないのだが……仕方がない」

神獣がため息を吐きながら、新たに魔術の準備を始める。

立ち上がろうとする私に向かって、何度も見たことがある魔術が放たれた。

「‼」

でも、その魔術は私に当たることはなく消え去った。

違う。私に当たらなかったわけじゃない。当たったけど意味がなかったんだ。

一瞬何が起こったのか分からなかった。でも、なんとなくだけど、守ってもらったんだって、それだけは理解できた。

そして、だからかな。知らないうちに私は笑っていた。

誰が、どうやって守ってくれたかなんてそんなことは考えない。考えるまでもない。

あの人が色々考えて私のことを突き放そうとしているのは分かっていた。でも、それなのにこんなに大切に守ってもらってる。

今までずっと一緒にいて、これからもずっと一緒にいたいと願っている相手——私のご主人様。

そうだ。私はこんな場所で、こんなのを相手にして時間を無駄にするわけにはいかないんだ。

痛む身体に力を入れて立ち上がる。何もできずに地面に倒れているなんて、あの人の側にいるのにふさわしくないからっ！

私が立ち上がっても、神獣はこっちなんか意に介していない。

視線はこちらに向いているけど、その意識は私ではなく、私を守った何かに向いていた。

相対している私を見ていないことに少し腹が立つけど、それならそれでいい。侮ってくれているなら好都合だから。

「今のは……其方《そなた》に止められる筈もない。ならば道具か？　……面倒な。どのみち結果は変わらぬのだ。いい加減に――」

グギャオオオオ‼

神獣の言葉は途中で止まり、その後には絶叫が響き渡る。

神獣に近寄り、その鼻めがけてカバンの中に入っていた悪臭薬を投げたのだ。その臭いは投げた私自身も顔をしかめるほどのもの。

直接当たったわけじゃないから耐えられるけど、私よりもさらに鼻のいい神獣ならあれには耐えられないだろう。

そんな予想通り、神獣はめちゃくちゃに暴れまわって、薬を前足で落とそうとしたり鼻を地面にこすりつけたりしている。

そして――

ッガアアアアアア‼

二度目の絶叫が響き渡った。

今度は毒付きのナイフを、神獣の目に突き刺したのだ。

暴れているといっても、さっきまでのように私のことを狙っているわけじゃない。なら避けるのは簡単だった。

結果、神獣は今までよりももっと激しく暴れまわる。

私はその間に、思いつく限りのやれることを全てやった。油をかけて燃やしたり、薬をかけて溶かしたり、お母さんから教えてもらった薬を追加で投げつけてみたり。

神獣の所まで辿り着くためには森を進む必要があり、魔物に対する備えをしてきてたんだけど……それが功を奏したみたいだ。

色々やった意味はあったようで、絶叫が収まった時には既に、神獣の体はボロボロになっていた。

「キサマアアアア！　よくもっ！　よくもやってくれたなっ！　キサマは一度孕ませるだけでは済まさん。四肢をもぎ、死ぬまで子を産ませ続けてやる！」

なんとか動けるようになった神獣がそう叫ぶけど、一瞬「え？」ってなった。

「そうして子を産み、力を生み出すだけの存在となることでキサマの罪に対する罰としてやろう！」

罰が子供を産まされ続けることなんて聞くと、獣人を奴隷として犯し続ける人間と同じ……ううん、それ以下に思える。

こんな下衆を大切な守り神として崇めていたなんて、とひどく呆れてしまう。

そんなことを考えながらも、持っていた剣を握り直して姿勢を整えると大きく深呼吸をする。

「やれるものならどうぞご自由に！」

私は今度こそ、とどめを刺すために神獣に向かって駆け出す。

でも、相手は手負いでも、仮にも神獣なんて呼ばれる存在。その攻撃は未だに脅威だった。

「くっ！」

降り注ぐ魔術は激しさを増す。

加えて、さっきまではその場からほとんど動かなかったのに、自分から近づいて攻撃をしてくるようになったことで徐々に避けることも難しくなっていった。

なんとか攻撃を躱して近寄って剣で切りつけたけど、今までと同じようにはいかない。

「――おごっ‼」

避けて切って避けて切って、また避ける。そんなことを繰り返していると、振るわれた神獣の手に弾き飛ばされてしまった。

またしても地面に叩きつけられながら吹き飛ばされるけど、さっきと同じようにはならない。

空中で身を捻《ひね》り、ズザァァァ！　っと音を立てて態勢を持ち直す。

――こんなところで倒れるわけにはいかない！

追撃の魔術を避けて前へと踏み出す。

——一瞬でも早く！　たった一歩でも前へ！

避けきれずに当たることもあるし、その度に吹き飛ばされるけど、立ち上がる。

——何度でも立ち上がる！　何があっても立ち上がってみせる！

もう全身で傷のない場所なんてないと思う。それでも私は止まらない。止まるわけにはいかない。

「キサマ、なぜそこまでして立ち上がる。既に動くだけで、いや、動かずとも苦痛の筈だ。死にたくなければ子を孕めばよい。子を孕みたくないのであれば自死すればよいではないか」

神獣は何度も立ち上がる私を不気味そうに、理解できないものを見るような眼で見ている。

「分かって……ないよ……わたしは、あの人のところに……いかないと、いけないの」

私はあの人の元に行く。たとえそれをあの人が望んでなかったとしても、それでも私は側にいたい。一生ついていくって、そう、決めたんだから。

「ぅあああああ!!」

叫びで全身の痛みを抑えこむ。そうして私はまた走り出した。

そんな私に戸惑っているのか、神獣からの攻撃はだいぶ弱まっている。

子供を産ませるために殺すまいとしているのかもしれないけど、好都合！

避けて避けて避けて進んでいく。

「其方《そなた》……その姿は？　……なぜだ、我は何もしておらぬ……全身が破壊されたことで魔力の流れが変わったか？　その影響でもう一度適応し直したとでもいうのか？　……ありえぬわけではない。だが……」

神獣が驚いた様子で何か言ってるけど気にしない。

いや、正確には、言葉は耳に入っているけど、その意味を脳内で理解していない。

でもそれでいい。今はとにかく避けて避けて避けて——切る。

「ぐう……！」

霞《かす》んでまともに見えない視界の中、一筋の赤が神獣の体にできる。どうやら神獣も弱っているようだった。

「やっと……切れた……」

もう攻撃が届かないなんてことはない。なら、あとはこのまま切り続けるだけ。

「なぜそうも立ち上がる。そもそも我を殺せば、其方《そなた》らに力を授ける存在はいなくなるのだぞ」

「それがどうかしましたか？」

「なんだと……？」

「そうなったとしても私にはどうでもいいことです」

神獣はどこか怯えたような目で私のことを見ている。

「其方《そなた》は、狂っている……」

狂っている……確かにそうかもしれない。でも私はそれが嫌だとは思わなかった。だって私が狂っているとしたら、それはあの人に——ご主人様に対してだから。

だから……

「再開、しましょうか」

絶対に勝ってみせる。

＊＊＊

「イリンが適合者と呼ばれる存在で、そのせいで神獣がイリンのことを求めているだと？」

淡々と話すウォルフに、思わず声を荒らげて叫んだ俺は、洞窟の外へ向かって歩き出す。

「待てっ、アンドー！　どこに行く！」

だがそれは先ほどまで座っていたウォルフに腕を掴まれて止められてしまう。

「そんなの聞かなくても分かってんだろ？　その神獣を——魔物を殺してくる」

「ダメだ。それは認められねえ」

掴まれた腕を振り解こうとしたが、力はウォルフの方が上なので振り解くことができなかった。

そのことが更に俺を苛立たせ、俺は逆の手でウォルフの胸ぐらを掴んで引き寄せた。

「なんでだ！　お前は何も思わないのかよ!?　ふざけた理由で無理やりおもちゃにされて。そんな奴にイリンが狙われてるって知って、何も思わないのか!!」

「思うに、決まってんだろ！　馬鹿にすんじゃねえ。イリンは、あいつは俺の姪《めい》だ。将来は娘になるかもしんねえなんて思ってたんだ。可愛いに決まってんだろ。大事に決まってんだろ！　何も思わないわけがねえ!!」

胸ぐらを掴んで怒鳴った俺に、ウォルフが怒鳴り返してきた。

怒鳴り返されたことで気勢を殺《そ》がれ少しだけ落ち着いた俺は、改めてウォルフの様子を確認する。

ウォルフは歯を剥き出しにして表情を歪《ゆが》め、俺を引き止めるための腕には、俺の腕を握りつぶさんばかりに力が込められていた。

だがその腕に込められていた力も次第に抜けていき、ついにはウォルフの手はだらりと垂れる。

「……だがな、これまで俺たちがここでやってこられたのも神獣の力があってこそだ。この辺りの魔物は強い。神獣の力がなければ、待っているのは死だ。それに、俺たちの体は神獣の力によって成長したものだ。既に体の一部となっている力がなくなった場合、俺たちはどうなる？　最悪の場合は里のものが全員死ぬことになんだぞ。それはできねえ」

「ならここを離れればいい」

神獣を殺すことで起こる異常事態を気にしているのであれば、殺さずに逃げればいい。

この森で生活できないんだとしても、ここは獣人の国。人間による迫害があるわけでもないんだし、行こうと思えばどこにでも行ける筈だ。

だが、ウォルフは力なく首を振り、俺の言葉を否定した。

「それを先祖たちがしなかったと思うか？　したさ。だが、腐っても『神獣』なんて呼ばれる存在だ。分け与えた自身の力がどこにあるかは分かるらしい。里の者全員で逃げようとしたが捕まり、その半数は殺され、適合者はそれ以降は子を産み続けるだけの存在となったそうだ」

だったら最初から逃げないでいた方がマシってことか。

確かに適合者のことにさえ目を瞑れば、時折子供を生贄《いけにえ》に差し出すだけで、里全体は平和でいられる。

今では長しかそのことを知らないそうだし、何も知らない里の連中からしたら、神獣は力を与えてくれるいい存在だろうよ。知ってる側からするとクソったれだけどな。

……そもそも、なぜその神獣はイリンたちの一族にこだわるんだ？

自分の力のかけらを分け与え、ソレが成長した後に回収することで自身の力を強くするというのは分かった。

だが、人間にこだわる意味はない筈だ。

元々、魔物は人との間に子供を作ることはできない筈だ。

子供が欲しいのなら同族と子を作ればいいし、力は魔物に与えればいい。

現にこの辺りの魔物には力を与えているのだから、人じゃないとダメだというわけでもない筈だ。

子供の方は神獣に同族がいるのかって話になるけど、その場合は人ではなく、自身に似た生物でよかった筈だ。むしろなぜ姿がかけ離れている人間を選んだんだ？

それを尋ねると、ウォルフはじっと俺を見つめて答える。

「どうやら神獣は同族との間に子供ができないらしくてな。殺さなかったのは自身の子を産める存在が貴重だかららしい。そして魔物よりも人からの方が与えた力の回収効率がいいんだとよ。だから殺さずに……飼い続けた」

飼い続けた、か。確かにそう表現するのが正しいかもしれない。

力を分け与え回収し、自身の子供を産める者を育てる牧場。イリンたちの里はそう表現できる。

「だが、そうだとしても……」

もしここがそんな目的のために作られた場所だとしても、俺には関係ない。イリンが幸せになれないんだとしたら……

そう考えていると、突如洞窟の外から何かが衝突するような音が聞こえた。

「っ！　今の音は――」

そしてそれは一度だけではなく、その後に何度も続いた。

おそらくは戦闘の音だろう。

洞窟の中だからよく聞こえなかったが、それでもここまで届いたってことは、それなりに大きな音だ。

ということはつまり既に戦闘そのものは始まっていて、激しさを増しているということになる。

「……戦闘音だな。まあ、予想通りっつーべきか」

どこか諦めたように落ち着いているウォルフの言葉に苛立ちを感じながらも、俺はイリンの元に向かうべく、再び洞窟の外へと歩き出す。

「おい。待てよ。まだ話は終わっちゃいねえ」

だが、そうして歩き出した俺の腕を再びウォルフが掴み、俺の歩みは止められた。

「悠長《ゆうちょう》に話なんてしてられる状況じゃないってのは分かってるだろ!?」

イリンは強い。だが、それでも神獣ってのはこいつらの一族が抵抗を諦めるほど強力な敵だ。

なら、すぐにでも助けに行かないといけない。

だってのにまたも止められ、俺は苛立ちを超えて怒りを感じた。

掴まれた腕を振り払ってウォルフに向かって叫ぶ。しかし……

「おいアンドー。お前は、イリンが大切か？」

「は？　何を言って……」

そんな、この状況にふさわしくない言葉がウォルフから投げかけられた。

今更か？　今更そんなことを聞くのか？　なんだこいつは。ふざけているのか？

今までこいつは何を話していたんだ。俺の言葉を聞いていなかったのか。

怒りのあまり頭が真っ白になりかけるが、俺を見据えるウォルフの瞳は冗談など一切感じさせず、どこまでも真剣なものだった。

「答えろよ」

そんなウォルフの瞳を見ているうちに怒りは収まり、むしろ気迫すら感じられるウォルフの言葉に気圧《けお》されてしまった。

「……ああ。大切だよ」

「イリンを守る気はあるか？」

さっきから、ウォルフが何を言いたいのかが分からない。

俺はイリンを守りたい。

それは何度も言っている。

それなのにこいつは今更イリンが大切かだなんて聞いてくる。本当に、こいつは何を考えているんだ？

「当たり前だ。お前は何を――」

「そりゃあ、何を犠牲にしてもか？」

何を犠牲にしてもって、それは……

だがウォルフはそこで言葉を切り、腰に佩《は》いていた剣を抜き、構えた。

「答えろよ。お前は、何を犠牲にしても……たとえイリンの親を、兄弟を、知り合いを見殺しにしたとしても、それでもイリンを守るのか？」

「……ああ。俺にとって、あの子は大事な存在だ。俺はあの子に救われた。あの子がいたから俺はここに立っていられる。あの子を……イリンを守るためなら、俺は……」

俺はそこで一旦言葉を止めると、収納から剣を取り出してウォルフへと構える。

「お前を殺してでも助けに行くぞ」

「は……そうかよ」

そんな会話を交わしてから十数秒ほど。

ウォルフはおもむろに剣を下ろして洞窟の奥へと放り捨てた。ガランガランと音を立てながら、剣が転がっていく。

「……ウォルフ？」

突然の出来事に戸惑っていると、そんな俺を無視してウォルフは口を開いた。

「あの時、イリンたちを攫った奴らを村に引き入れたのは……俺だ」

あの時、というのは俺がイリンと出会う前、イリンがまだこの里にいた時のことだろう。

イリンはこの里に侵入した人間に友達と共に攫われたと言っていた。

それがウォルフのせいだと？

あまりにも唐突なその言葉に、俺の頭が一瞬真っ白になる。

そんな俺を見ていたウォルフは、その場に力なく座り込んで天井を見上げると、深いため息を吐いてから話し出した。

「適合者ってのは、直接見ねえと分からねえ。神獣はそう思ってんだろうな。だが、俺はイリンが適合者だってのを知ってたんだよ」

そう言ったウォルフは相変わらず天井を見上げたままだったが、それを知った当時のことでも思い出しているのだろうか、その表情はここではないどこかを睨みつけているように見えた。

「普通は神獣から送られてくる力をそれ以上貯めることができなくなって、それを解消するため、十歳になると成人の儀式を行ないに神獣の元へ行く。十歳になってすぐってわけじゃないが、遅くても十一のうちには神獣の力を受け入れるのに限界がくるから、全員がそれまでに成人の儀式をする。だがイリンは十二になっても限界を向かえていなかった」

「だが二年くらいなら、それも個人差ってことは……」

「ねえよ」

俺の言葉に対してウォルフはそう返すと、見上げていた視線を下ろしてやっとこちらを向いた。

「あれは個人差で二年もずれるようなもんじゃねえ……そうだな、例えるなら寿命だ。同じ種族が同じように生活してりゃあ、大抵は同じくらいの歳で死ぬだろ？　周りの奴らは百年経たずに死んでくのに、一人だけ二百も三百も生きてたら、それは個人差で済む話か？　ちげえだろ？　いるとしたら、それはよっぽどの理由がある奴だけだ」

それが神獣の力に耐えることのできる『適合者』か……

「今のはあくまでも例え話だから、適合者っつっても実際にはそんなに生きやしねぇが、だが状況としては似たようなもんだ。だが、周りの奴はそれを知らねえから個人差だと思い込んで、イリンの成人は遅い、だなんて気楽に言ってたが……俺には理解できた。『ああ、こいつが今回の犠牲者だ』ってな」

確かに、俺には神獣の力に耐えられなくなる感覚がどういうものなのか分からないが、そう言われれば分からなくもない。

そして事情を知っているウォルフなら、イリンのことをそうだと判断しても仕方がないだろう。

そうだとしても……

「それとイリンが攫われたことと、どう関係がある」

……本当なら今すぐにでもイリンを助けに行きたい。

こんな話は帰ってきてからでも構わない筈。むしろイリンを交えてしっかりと話し合うべきことの筈だ。

そう思うのだが、なぜだかこいつの話を聞いておかないといけないような気がして、先を促す。

「……俺ぁ、人間を入れたっつっても、直接手引きしたわけじゃねえ。いくつか里の警戒に『穴』ができるように細工しただけだ。その穴に気がついて攫いに来るかどうかまでは分からなかったが、まあ結果としては知っての通りだ」

ウォルフはそう語ったが、俺の疑問への答えにはなっていない。

俺が知りたいのは、イリンが適合者だと気づいたことと、あいつを誘拐させたことの繋がりだ。子供を攫わせて金を得るならともかく、直接手引きした訳でないなら金は手に入らないだろうし、そもそも金のためにこいつがそんなことをするとは思えない。

「……俺はな、怖かったんだよ」

その理由について考えていると、ウォルフは深呼吸をしてから俯き、静かに話し始めた。

「怖かった？」

「そうだ。自分の知ってる奴が……姪があのクソ野郎のおもちゃにされる。そして俺はその片棒を担がなきゃなんねえ。考えてもみろ。神獣のところに行った奴が、帰ってこず、帰ってきたと思ったら子を孕んでた。んなことを知ったら、里の奴らはどう考える？　どうすると思う？　神獣に聞きにいって、調べて、そんで事実がバレりゃあ、この里はおしまいだ。だから、誰か事情を知ってる奴がそれを隠さなきゃならねえ。それが俺だ。俺たち代々の里の長だ」

俯いたまま話すその姿は微《かす》かに震えており、普段のウォルフとは違って、とても小さく、弱々しく見えた。

「今までの平穏が誰かを犠牲にしたものであっても、誰もそれを知らない。だからこそ、里の奴らは笑っていられたんだよ。だが、事実を知った里の奴らはどうすると思う？　戦うか？　それとも逃げるか？　んなことすりゃあ、どっちにしても全滅だ。運がよけりゃ生き残る奴もいるだろうが、罰として全員おもちゃにされるだけだ。だったら、数十年だか数百年だかに一人犠牲にした方がいい。それが代々の長の考えだ」

それでも話は続いていく。声を震わせながらも淡々と話していくそれは、俺に事情を話しているというよりも、まるで懺悔《ざんげ》をしているかのようだった。

「俺はその考えにゃあ納得はできねえが、理解はできた。だがな、いざ俺の代で犠牲者が生まれるとなると、言いようのねえ感情が湧いてきたんだよ」

そこまで言い切ると、ウォルフは項垂《うなだ》れていた顔を上げた。

その様子があまりにも普段のウォルフとはかけ離れており、不気味で、これからろくでもないことを言おうとしているようにしか思えなかった。

「子を孕まされ帰ってきた適合者だが、そのままにしておけばそいつの口から真実が漏れる可能性がある。だから対処したわけだが、その哀れな犠牲者に対して、俺たちは何をしてきたと思う？」

「……殺した、わけじゃないんだよな？」

「ああ」

……放っておけば神獣の実態がバレる。

だが被害者だって、泣き寝入りする人ばかりじゃなくて、神獣に復讐をしようとした人だっていた筈だ。

だとすると、どうやって口止めをした？

ただ口止めをしただけじゃ、何かの拍子に漏れる恐れがある。そうしたら今まで先祖が秘密を守ってきたことに意味がなくなる。そんな不確実な方法を採るか？

確実で簡単なのは殺すことだが、殺してはいないと言う。

なら何をした？　殺しはしないけど、単なる口止めでもなく声を奪うでもない絶対に秘密が漏れないような……

「心を壊したんだよ」

「……は？」

こいつは何を言ってんだ？

——心を壊した。

その言葉の意味を、俺はすぐには理解することができなかった。

「……お前、何言ってんだ？」

「まあそういう反応だよな。俺だってふざけてると思う」

……いや言いたいことは分かるさ。だがそれは……

確かに、なんでそんなことをしたのかは考えれば分かる。

同族を殺すのは憚られるし、他の人間に何かを伝えられないようにするために喉《のど》や手足を潰すのも、儀式を経験した者には不審に思われるだろう。

だったら生きているけど生きていないような状態にしてしまえばいい。そう考えたのだろう。

だがしかし、生きていればいいというものではないだろ？

生きていたところで心が死んでいるのであれば、それは単なる人形……死んでいるのと同じ、いや、死ぬよりもむごく思える。

……殺すにせよ心を壊すにせよ、どっちにしてもふざけているとしか言えないが、一つ言えるとしたら、それは……

「何百年も前、この秘密を守ろうとした誰かが用意した魔術具でな。使った奴の心を壊して、まともな思考ができねえようにすんだよ。そうすれば、『儀式で疲れているところを偶然賊に襲われて心を病んでしまった哀れな女』の出来上がりだ。秘密は漏れねえ。全員平和でいられる……被害者本人とその家族以外はな」

自分たちの都合で誰かの心を壊すような、そんな奴がいるとしたら、それは単なるクズだってことだ。

「……全く。クソったれだぜ」

ウォルフは疲れきったような表情をして、乾いた笑みを浮かべる。

「そんなもん見たくねえ。見せんじゃねえってんだよ。それで思った。神獣はまだイリンの存在に気づいてねえ。イリンがいなくなりゃあ、俺は今まで通りの生活を送れるってよ」

「だから誘拐犯を手引きしたのか」

「ああ。誘拐された後どうなるかは想像できるが、俺が直接クソったれな光景を見なくて済むからな」

ウォルフはそんな風に話しているが……目の前にいるこの男は、本当に俺の知っているウォルフなのだろうか?

「それに、本当に攫われるかどうか不確実な方法を採ったのも、自分の手は汚さずに、俺は悪くねえって言い訳ができるようにするためだ」

懺悔《ざんげ》するかのように話しているその姿はあまりにも弱々しい。

「攫われたガキどもの数が多かったのは予想外だったし、攫われた後で死んじまった奴がいたのも予想外だったがな……んで、ガキどもが攫われた後になって気がついた。俺は何をしてんだよってな。まったくよぉ……ふざけんじゃねえってんだよ。くそが」

ウォルフは片手で顔を覆い隠すが、その指の隙間から、顔を歪めているのが見えた。

ウォルフとしては、イリンだけがいなくなればよかった。なのに他に何人も攫われて、そして全て終わった後で気がついた。自分のやったことの重大さに。

しかも攫われた子供たちはイリン以外全員死んだ。

それは後悔してもしきれるものではないだろう。

だが……

「なんでその話を今した？　ずっと隠しておいてもよかったじゃないか」

「……疲れたんだ。隠し続けることによぉ」

……ああ、そうか。そういうことかよ。

なんでこいつがこんなことを言っているのか分かった。

なんで俺はこいつの話を聞かなくちゃいけないと思ったのか分かった。

「イリンは、まだ戦ってるみたいだな……」

ウォルフはそう言うと洞窟の外、おそらくは神獣の、そしてイリンのいる場所へと視線を向けて拳を握りしめた。

そして拳の力をフッと抜いたかと思うと、今度は俺に向かって、地面に頭を擦り付けた。

「頼む。こんなみっともねえ話を聞かせて、その上、里のモンじゃねえお前に頼むのは恥さらしもいいとこだ。だがっ、どうか頼む！　イリンを助けてやってくれ！」

ある意味、これは遺言《ゆいごん》のようなものだ。

俺がイリンを助けるために神獣を殺せば、この里の奴らは死ぬことになるかもしれない。

だからこその言葉。

死ぬ覚悟を決め、生き残ったとしても責任を取る覚悟を決めたがゆえの言葉。

自分たちは死ぬかもしれない。だが、だがそれでも、せめて自分が犠牲にしようとした少女は助けたい。

そんな願いのこもった言葉だった。

「任せろ。何があったとしても、イリンだけは必ず守ってみせる」

「ああ——ありがとう」

……俺は何をしてでもイリンを守ると決めたんだ。

たとえ神獣と呼ばれる存在であったとしても、絶対に奪わせやしない。

「だが、俺はあの子を泣かせるつもりはないんだ」

もしイリンだけを助けたら、きっとイリンは言葉の上では感謝しても、やはり悲しむだろう。

俺に心配をかけまいと笑うだろうけど、それでも俺の見えないところで泣くのだろう。

それは嫌だから。だから……

「お前らごと守ってやるよ」

＊＊＊

——どれくらい戦っているんだろう。

私、イリンのぼやけた視界に映るのは、少し赤みがかった景色。それが夕焼けによるものなのか、目がおかしくなったからなのかは分からない。

「グウゥ……よもやこれほどまでとは思わなかったぞ」

もう感覚もなくなってきた体をふらつかせ、一歩、また一歩と神獣に向かって進む。

「——だが、その足掻《あが》きもここまでであろう。既に其方《そなた》は立っているだけでも奇跡的な状態だ」

立ち止まることはできない。どんなに辛くても、どんなに苦しくても——前へ……

「……聞こえておらぬか。だがそれも致し方あるまい。最早気力だけでもっているようなものなのだからな」

私が神獣に向かって歩いていると、神獣の方から近寄ってきた。これで剣がとどく。

「もう終わらせてやろう――そなたの罪は、そなたの闘いをもって贖《あがな》いとしよう」

振り上げられた神獣の前足。でも、私にはもう避ける力なんて残っていない。

だけど、最後まで諦めるつもりはない。私は、絶対にあの人のところに行くんだから――

「――さらばだ」

振り下ろされる前足を避けようとしたけど、やっぱり無理だった。

動かそうとした足がもつれて、前のめりに倒れてしまう。

――ああ、ここまでなのかな……ごめんなさい、ご主人様。あなたの側に行くことはできないかもしれないです。

それでもなんとか足を動かそうとしたけど、神獣の前足が私を叩き潰すように背中に振り下ろされ……

「グガアアアアッ!」

神獣が苦悶《くもん》の声を上げた。

「う……」

潰されたと思ったけど、どういうわけかまだ私は生きているみたい。

「大丈夫か、イリン。ちょっと遅れたけど、助けに来たぞ」

ここにいる筈がない大好きな人の声を聞いて顔を上げた。

「ルール違反だけど、悪いな。儀式自体は終わってるみたいだし、大目に見てくれ」

第4章　神獣との決着

「ルール違反だけど、悪いな。儀式自体は終わってるみたいだし、大目に見てくれ」

そう言ってかっこつけて現れたが……これはイリンでいいんだよな？

状況的にも合ってるとは思うが、いかんせん大人になったせいで、見た目が俺の知っているイリンとは別物になってる。まあしっかりと面影はあるけども。

「ごしゅ、じんさま……」

どうやらイリンで合っていたようだ。間違えている気はしなかったけど、それでも確証が得られたことでほっとする。

「もう大丈夫だ。お前は俺が守るから安心しろ」

そう言いながらイリンへと薬を手渡そうとしたところで、自力で薬を受け取ることすら厳しい状況だということに気がつき、俺は顔をしかめながらもイリンに薬を飲ませていく。薬を飲んでも一瞬で治るというわけではないので、まだしばらく横になっていてもらわないとな。

「貴様、何者だ。この地の者ではあるまい」

突然現れた俺に対して訝《いぶか》しげに、そして苛立たしげに問いかける神獣だが、先ほど攻撃を受けたことで警戒しているのか、不用意に攻撃してくることはなかった。

……というかこれ、どうやって声を届けてるんだ？　普通に話してる訳ではないみたいだし、念話とかテレパシー的なあれか？

魔術なんてものがある世界だし、おかしなことでもないか。

「勇者だよ。元、だけどな」

「元？　……勇者が何をしに来た」

元、というのは気にしないことにしたようだが、神獣はあまり驚いた感じじゃないな。

この様子だと、過去に勇者と会ったことがあるのか？

まあこいつはもう数百年とかそれ以上生きてるわけだし、その間に勇者と遭遇してもおかしくはないか。

だが、もしそうなんだとしたら、その勇者は負けたんだろうな。死んだかどうかまでは分からないけど、そうでなければこいつがここまで余裕そうな態度をしている理由がない。

まあそんなことはどうでもいいことだ。過去の勇者が負けたところで、俺が負ける理由にはならない。

「何をって、そんなの……」

何をしに来たのか。そんなのは決まっている。

俺は背後に横たわっているイリンに笑いかけ、再び神獣へと向き直る。

「イリンを助けに来たに決まってるんだろ」

「助けにだと？　何も知らぬくせに助けなどと……」

神獣はそんな俺の物言いが気に入らなかったのか、呆れたような声音《こわね》が頭の中に響いてくる。

「知ってるさ」

だが、そんな声をぶった切って告げる。

「何？」

「知ってるって言ったんだよ。この里の成り立ちも、ここがお前のおもちゃ箱だってことも、お前がクソったれだってこともな」

一から十まで、過去にあったことを全て知っている訳ではない。

だが、それでも必要なことは聞いている。

こいつがどれほどクソったれな存在なのかも知っている。

それだけ分かっていれば十分だ。

「……ならなぜ邪魔をする。貴様には関係ない筈だ」

「言っただろ。俺はイリンを助けに来たんだって」

そうだ。だからこいつが何を思って何をしてるとかは関係ない。

俺はただ、こいつがイリンを傷つけて泣かせようとしてるから邪魔をしただけだ。

だがそんな俺の態度が気に入らないのか、神獣は不快そうに問いかけてきた。

「そも、貴様は何をそれほど憤《いきどお》っている。我のやっていることか？　だが力を増すために全力を尽くすというのは当たり前であろう？」

「だからって、やっていいことと悪いことがあるだろうが。数百年も生きててそんなことも分からないのかよ」

生き延びるために全力を尽くすことは、間違ったことではない。

俺だって自分が生き延びるために全力だったし、そのために敵対したものはそれが人であるか魔物であるかなんて考えずに殺した。

それが間違っていたとは思わないし、これからも変わらないだろう。

だがこいつは違う。生き延びるために必要だから殺すのではなく、ただ目的もなく強くなるために、他人の命を弄《もてあそ》んでいる。

「悪いことだと？　生き残るためであれば、強くなるためであれば、やってならぬことなどありはせぬ。この世界では生き残ったものが正義なのだからな」

だがそんな俺の言葉も、神獣は鼻で笑うように一蹴《いっしゅう》した。

「過去の勇者もそうであったが……まったく、お前らの頭の愚かさは如何《いかん》ともしがたいな。栄養としては上質だったが」

……これは、いくら言っても無駄だな。このまま話をしたところで、理解が得られるとは思えない。

もしかしたら話が通じるかもしれないなんて考えてたんだが、無理そうだ。

まあそりゃあそうだよな。話が通じるんだったら、過去の人たちがやってるだろうし、こんな状況が今まで続くわけがないんだから。

だが、そう頭では理解できても『もしかしたら』と考えていただけに落胆してしまう。

……だが、そうなら仕方がない。

話が通じず、考えを改めず、お前がイリンを襲うっていうんだったら、それは仕方がないことだ。

お前は自分の考えを変えず、俺も自分の意思を曲げない。

そんな俺たちがこうして向かい合ってるんだ。だったら……

「犬風情《ふぜい》に頭の出来を言われるとは思わなかったな。いい人生経験ができたよ」

「ふん、我に逆らおうというのだ。力量の差を見抜けずに挑む程度の頭を愚かと言って何が悪い」

「見抜いた上で戦おうとしてんだ……いや、違うか。だって俺とお前じゃ、戦いにすらならないだろうからな」

あとはもう、戦うだけだ。

「……愚物《ぐぶつ》め。その思い上がりごと、喰らってくれる！」

あからさまに挑発された神獣は、罠《わな》だと分かっているだろうに、自分に歯向かう愚か者を食い殺さんと動き出す。

……だが、果たして愚か者はどっちだろうな？

牙《きば》を剥き出しにした神獣は身を低くして走り出す体勢になると、全身に魔力を漲《みなぎ》らせた。

そして地を蹴り、俺を食い殺さんとばかりに飛び出す……その直前、俺は地に手をつき、収納スキルを使った。

「やれるものならやってみろ！」

俺が何かしようとしているのを察しているだろうが、それでも神獣は止まるつもりはないようだ。

しかし——

「グガッ⁉」

走り出すために力を込めたであろう足は、何も蹴ることはなく、神獣は突然足元にできた穴へと落ちていく。

俺は収納スキルで何かを取り出すのではなく、今にも飛びかからんばかりの神獣の、足元の地面をしまったのだ。

神獣の巨体がすっぽり入るほどの、深く、巨大な穴だ。

「プレゼントだ。受け取ってくれ」

そして俺は、穴の底に落下した神獣を見下ろして、神獣へと手を向ける。

そこから、今までに収納したことのある魔術や武具を射出していった。

「ガアアアアアっ!!」

想定外の落下で混乱した様子の神獣はそれらを防ぐこともできず、絶叫を上げてまともに攻撃を喰らった。

だが神獣も、やられるばかりで終わるつもりはないようで、すぐさま体勢を整えて、魔術で体を強化してジャンプをした。

「グ、オオオオ！　――ゴオッ!?」

だが、そんなのは想定内だ。むしろ想定どおりと言ったもの。

穴から脱出するために大きくジャンプした神獣。その頭上、穴を蓋《ふた》するようにして収納魔術の渦を展開した。

収納の渦に突っ込んだ神獣は跳ね返され、再び穴の底へと叩きつけられることとなった。

そして当然ながらそれだけでは終わらない。今度は俺の手からだけではなく、収納の渦からも、雨のごとく武具や魔術が神獣へと降り注いだ。

「ギッ、グウウオオオ……！　なめ、るなあああああ！」

それまで苦しげな声を出していた神獣がそう叫ぶと同時に、地面が爆《は》ぜた。

その衝撃はかなりのもので、神獣を閉じ込めていた落とし穴は吹き飛び、あたりは窪地《くぼち》のようにすり鉢状へと変わった。

地面だったものの残骸《ざんがい》が周囲へと襲いかかり、木々を薙《な》ぎ払う。

砂粒ほどのものから俺の頭よりも大きな塊に至るまで、様々な土塊《つちくれ》が襲いかかってくる。

——だが、それも俺にとって脅威ではない。

飛んできた土塊は俺の体に触れた瞬間に、スキルによって収納されていく。

それが生き物でないのなら、爆発も銃弾も、俺に触れたものは何だって収納できるのだ。

だから今俺が気になっているのは、イリンだ。

普段のイリンならなんとかなったかもしれないが、怪我をしてまともに動けない今の状態では誰かが守ってやる必要がある。

というわけで、イリンと俺たちの間に、収納魔術の渦を大きく展開する。

だが、そちらに意識を割いたせいで、この爆発の原因である神獣の姿を見失ってしまった。

まあ、視界は今の暴風のせいで土煙でいっぱいになり、神獣の姿どころか数メートル先をまともに見ることもできないんだけど。

「なめるでないわ！　弾けよ！」

咄嗟に探知を展開しようとしたが、それは無用なものへと変わった。

突如、空から神獣の声が響いてきたのだ。

土煙に隠れていても神獣には俺の居場所が正確に分かるらしい。

声と同時に、斜め上から不可視の何かが飛んできた。

収納の渦を目の前に展開すると、あっさりと収納できる。

「効かねえよ！」

その攻撃が風を使ったものだったからだろう、土煙が晴れ、それによって神獣の姿をはっきりと見ることができるようになった。

俺は神獣を見据えると、さっき飛んできた攻撃をそのまま返してやることにした。

もちろん真正面からなんてことはしない。

あっちの攻撃は無効化できたとはいえ、俺が真正面から攻撃したところで効かないだろうってことは分かりきってるからな。

というわけで、神獣の背中付近に収納の渦を展開し、先ほどの魔術を射出する。

「ぐっ、ならば！」

突然の背中からの攻撃に神獣は振り返るが、当然誰もいないし、収納の渦も既に消してある。

それでも俺が何かをやったことだけは理解したのだろう。神獣は叫びながら、俺へと突っ込んできた。

先ほどとは違って魔力や風で足場を作っているようなので、地面を収納して穴に落とすなんてことはできない。

だが、それならそれで構わない。

遠距離攻撃が効かないと判断したら、突っ込んでくるなんてのは分かりきっていたことだ。

もっとも、こいつはイリンたち獣人に力を与える存在。つまり、獣人たちよりもはるかに素早いということだ。

その動きを見切れるとは思っていないので、対策済みだ。

「ガッ⁉」

突っ込んでくると判断した瞬間、俺は収納魔術を自身の前方に展開した。

それとほぼ同時に、俺へと襲いかかってきた神獣は収納の渦に激突して、弾かれた。

神獣は俺を叩き潰そうと、前足を振り下ろそうとしていたのだろう。

だが収納の渦に弾かれたことによって上体が反っており、特大の隙となっていた。

「これをっ……こう！」

俺は体勢を崩した神獣への懐に潜り込むと、収納から取り出した剣をその喉元へと突き刺した。

「イギ、ガアアアアアアア!?」

喉に剣が刺されば確かに痛いだろうが、俺が持つ剣は普通のサイズ。神獣からすれば爪楊枝《つまようじ》程度の大きさで、たいしたダメージはない筈だ。

ならばなぜ、神獣はこれほどまでに叫んでいるのか。

それは俺が突き刺した剣が、ただの剣ではなかったからだ。

神獣に突き刺した剣は城から持ち出した宝の一つ。

その効果は単純なもので、使用者の身体能力の強化。それから、剣身から炎を噴き出すこと。

そんな能力を体に突き刺したまま使ったらどうなるか。考えるまでもないだろう。

どうだよクソ犬。体を内側から焼かれるのは相当こたえるだろう?

「グオアアアアア!」

それでもやはりサイズの違いのせいか、神獣は痛みを感じつつも動けないほどではないようだ。

叫びながら自身の周囲に竜巻を起こすことで、俺を引き剥がした。

俺は吹き飛ばされながらも空中で体勢を立て直し着地するが、目の前の景色に思わず声を上げた。

「おいおい、そりゃなんだよ?」

俺の目に飛び込んできたのは、空に留まっている神獣と、その下に待機している何十、いや下手したら何百といるかもしれない狼たちの姿だった。

どういうことだ？　こいつは風系統の魔術を使ってた筈だ。

であれば、召喚だか生成だか知らないが、狼を呼び出すなんて道理に合わない。

「ゆけ！　それを殺せ！」

でもまあ……

「意味ねえって」

自分が近づくのは悪手であると判断したのか、神獣は空に留まったまま、狼たちを俺にけしかけるが――

「どうした。今のが奥の手か？」

小物が群れたところで意味はない。

狼たちは、全て地面の下へと埋まることとなった。

さっきと同様に地面を収納して穴を作り、狼が底に落ちたところで蓋をするみたいに土を取り出すだけだ。

後には狼の姿など最初からなかったかのように、ほんの少し盛り上がった地面だけが残った。

「ぐうっ……」

「降りてこいよ。そんなところで御山《おやま》の大将気取ってないでさ。どうせ手下は全滅したんだ」

だが、そう言ったところで神獣は空から俺を見下ろしたまま動く様子がない。

どうするか。ここから攻撃することもできるが、直線的な攻撃では簡単に避けられるだろうし、死角からの奇襲もそう何度もできることじゃないだろう。

そうなるとやはり収納の渦を叩きつけて攻撃するのが一番か……

しかし気になるのは神獣の態度だな。悔しがっているようだが、どこか余裕がありそうな……

「――っ⁉」

と、そこまで考えたところで背後、イリンのいる筈の場所のすぐ側から、犬の鳴き声が聞こえた。

違う、犬じゃない。今のは狼だ。

「イリン！」

先ほど神獣が狼を従えていた光景が脳裏に浮かび上がり、すぐさま背後を振り向いた。

案の定、振り向いた先ではイリンを取り囲むように狼が陣取っていた。

どうやら、さっきのは陽動だったらしい。

目の前の狼の群れに意識を向けさせ、少数を後ろに回り込ませていたようだ。

「その娘を助けに来たのであろう？　生かしたいのであれば、貴様はそれ以上動くな」

慌ててその狼たちを排除しようとしたが、そんな神獣の声が響く。

俺はピタリと動きを止めて、イリンを視界に収めたまま神獣へと視線を向けた。

「……そこまでくると、かませ犬としても三下じゃねえか？」

「ぬかせ。勝てばよいのだ。言ったであろう？　生き残ったものが正義なのだと」

その言葉には、勝利の確信と愉悦が混じっており、非常に余裕の感じられる声だった。

正直なところ、イリンの周りにいる狼たちをどうにかするだけならなんとかなる。

収納の渦を展開して弾き飛ばすか、武器や魔術を放つ。それだけで終わりだ。

だが、複数を同時にとなると片手間でできることではない。イリンの周りの狼を排除しようとすれば必ず隙ができる。

この神獣はそんな隙を見逃したりはしないだろう。

かと言って、イリンをこのままにしておくわけにもいかない。

ならどうすればいいのか。

そう考えつつ、神獣と睨みあっていると、イリンが俺のことを呼んだ。

「ご主人様」

薬の効果が出てきて、喋《しゃべ》れる程度には怪我が治ったのだろう。

未だ倒れたままの状態のイリンは笑みを浮かべる。

「ここまで助けに来てくださり、ありがとうございました」

だが、その手にはなぜか俺が渡した短剣が握られていた。

この状況で武器を持っているのは別におかしいことではない。

周りを敵に囲まれているのだ。まともに動けないのだとしても武器を持っているだけで心を強く持つことはできるだろうし、なんなら俺が助けるまでの時間稼ぎはできるかもしれない。

そう。だからイリンが武器を持っていること自体はおかしなことではないのだが……

だが、だ。

ならなぜその短剣の切っ先が、イリン自身の喉に向けられているんだ？

「あなたの迷惑になるくらいなら、命などいりません」

イリンは笑ったまま震える声でそう告げると、喉元に向けて構えていた短剣を突き刺そうとした。

「待てっ！　イリン！」

咄嗟に止めようと、隙ができるだとか攻撃されるだとか考えずにイリンに向かって走り出すが、明らかに間に合わない。走り出した瞬間に収納魔術を使って渦を出せばよかったと気がついたが、もう遅い。

俺の手は——届かない。

「きゃっ⁉」

しかし、イリンの手にある短剣は狙いを違わずイリンの喉へと進み……突き刺さる直前で弾かれた。

持っていた短剣が弾かれたことで、イリンは短い悲鳴を上げた。

が、俺にはその理由が分からない。悲鳴を出したことではなく、弾かれた理由が、だ。

いったいなんで……いや、そうか。

イリンに駆け寄りながら短剣が弾かれた理由を考えたが、一つ思い当たることがあった。

俺の渡した守りの魔術具だ。

あれは所有者の生命力が下がった時にオートで発動し、その効果は一定以上の威力の衝撃から身を守るというもの。

それのおかげで、今のイリンの自殺は弾かれたのだろう。

そのことを理解した俺はほっと息を吐き出すと、イリンの周りにいた狼たちを収納の渦をぶつけることで弾き飛ばし、イリンから離れたところで武器を射出してとどめを刺す。

「馬鹿。俺はお前を助けに来たんだぞ。死なせるわけないだろ」

イリンの側へと辿り着いた俺はその場にしゃがみ込むと、イリンの頭に手を置く。

しかし内心では、強い怒りが渦巻いていた。

だがそれは、イリンへの怒りではない。

まあ、自死を選ぶような行動への怒りが全くないとは言わない。

しかしその怒りの大半はもっと別のもの……イリンにそんな選択をさせてしまった自分自身に対するものだった。

大丈夫だって言ったんだろ？　守るって言ったんだろ？

だったらイリンを不安にさせることなく、敵を倒すべきだ。

俺には、それができるだけの力があるんだから。

「お前がかっこいいって言ってくれた奴はこの程度じゃ負けないさ。だから……」

俺はイリンに死んでほしくない。

もしかしたら、生きているだけで辛い状況が訪れるかもしれないし、その時にイリンが本気で死にたいと思っているのならば、俺はそれを止めないかもしれない。

だが、今のイリンは違う。死にたいと思っていたわけじゃないし、むしろ死にたくないと思っていた筈だ。

だって、そうでなければあんなに悲しげに笑うわけがない。

「そこで見ていてくれ」

そう言ってイリンに笑いかけた俺は、立ち上がって再び神獣と対峙《たいじ》した。

「待たせたな、クソ犬。さっきから隙だらけのところをセコセコ攻撃してたのに、一ダメージも与えられてないみたいだが、待たせたのは悪かったよ」

そう。俺がイリンに向かって走り出してから今この瞬間まで、神獣は背後から俺を狙って魔術を放ち続けていた。

だが、全て空中からの魔術攻撃ばかりだったので、その全ては俺の体に触れた瞬間に収納されていった。

今の間に殴りかかられていたら、俺は収納魔術を展開するまでもなく、容易《たやす》く死んでいただろう。

それぐらい、さっきの俺は隙だらけだった筈だ。

だがこいつは、俺を直接攻撃してこなかった。

それは、俺に近づくことを警戒し、恐れているということだ。

長い間、神獣には敵はいなかったんだろう。

だから俺に剣を刺されて内側から焼かれたことを恐れ、肝心なチャンスで踏み込めずに安全策をとってしまった。

「ぐっ……貴様、分かっているのか。我を殺せば、娘は死ぬのだぞ。貴様はその娘を助けに来たのであろう？」

「そうだな……だが、ちゃんと考えてるさ。確実じゃない。成功するかどころか、そもそもその方法が実行できるのかすら怪しい。それでも試す価値がある方法をな」

ウォルフから話を聞いてここに来るまでの間、ずっと考えていた。

神獣からイリンたちに流れている力。

それは魔術的な……というより、魔力的なものだろう。この世界において不思議な現象は大抵が魔力が関わっているし。

イリンたち狼人族に起きているのは、神獣からの魔力の譲渡と身体強化、それから神獣との同化だと考えられる。

一般的な魔術とは原理からして違うだろうが、それでも魔力を使っていることは確実だ。なら、その魔力の流れの制御を奪ってしまえばどうだ？

ヒントになったのは、里の襲撃の時に聞いた、魔物の共食いだ。

魔物は他の魔物を食べてその力を吸収することで強くなる。

端的に言えば、他者の力を乗っ取り、奪い、自身のものとするということだ。

それを前提に考えるなら、神獣の力を乗っ取り、その力を奪うこともできる筈だ。

魔物と人では違うかもしれないが、絶対に違うとも言い切れない。

であれば、やってみる価値はある。

幸いなことに、そのための知識は既に頭の中にあった。何せこちとら王国最高の魔術師の知識が埋め込まれてるんだからな。

とはいえ、所詮は埋め込まれた知識であり、自分の経験が一切伴わないもの。しかもこの知識だって完璧《かんぺき》なものじゃない。

そんな状態だから、俺の考えが合ってるかどうか分からないし、実際にやったところで失敗するかもしれない。

だとしても、このまま放っておくことはできない。

だって、放っておけばイリンが泣くことになってしまうから。

「だから——死んでくれ」

俺はここからの道筋を思い浮かべてから大きく深呼吸をし、目の前の『魔物』にそう告げた。

「ぬかせ小僧！　死ぬものか！　死んでたまるか！　貴様など食い殺してくれるわ！」

ようやく遠距離攻撃には意味がないと悟ったのか、神獣は叫び、唸り声を上げながら俺へと向かってきた。

その瞬間、俺は収納の渦を展開した。

「同じ手は食わぬ——ガッ⁉」

正面に展開した収納の渦を見た神獣は跳躍し、頭上から襲いかかってくる。

——だが、そんなのは想定内だ。

「見え見えだって」

流石に相手は神獣だ。

こんな短期間に全く同じ手に引っかかるようなバカだとは思っていないし、そう簡単に倒せるとも思っていない。

さっきと同じように渦を出せば、今度はそれを避けて別の場所から攻めてくると思っていた。

だからこそあえて正面に渦を展開し、その渦で隠れるようにして、別の渦を展開したおいのだ。

そしてこいつは、その渦に突っ込んでいった。

頭上から襲いかかってきたが、収納の渦に防がれてしまったことで上空へと弾かれた巨大な狼の魔物。

空中で体勢を整えようとしているが、それを許す筈がない。

「グ、ガアアアアッ！」

神獣の飛んでいく先に、更に収納の渦を展開する。するとどうなるか。

当然ながら渦にぶつかったのだから弾かれ、別の方向へと飛んでいくことになる。

だが、その先に更に渦があったら？　それにぶつかった者はどうなる？

その答えが目の前の光景だ。

空に弾き飛ばされた神獣は、渦にぶつかったことで弾かれ、その先にあった渦にぶつかって更に弾かれ、更に別の渦にぶつかって弾かれ、更に更に更に――

そうしてぶつかる度にその威力を倍にして弾き飛ばす渦にぶつかり続けた神獣は、まるでピンボールのように空を飛ぶ。

その時間は、ほんの数秒。

だがそのたった数秒の間に、俺の目では追い切れないほどに加速していく。

そうして一軒家ほどの大きさのある巨狼は収納の渦に弾かれ続け、最後には爆発じみた音と衝撃波を発生させながら、地面へと叩きつけられた。

「ぐぎぃぃ……き、さま……本当に、我を殺すつもりか……？　その娘が、大切ではないのか……？死ぬかもしれぬの、であろう？」

あれだけの勢いで叩きつけられたくせに、神獣はまだ喋ることができるようで、俺に問いかけてくる。

なんだ、命乞《いのちご》いか？

「大切さ。だからお前を殺すんだよ」

そう。俺はイリンが大切だ。

大切だからこそ、俺は神獣を殺す。

もう二度と、イリンが傷つかなくていいように。

もう二度と、大切な人が泣かなくて済むように。

だから俺は神獣を殺す。

引き返せる地点は、もうとっくに過ぎてるんだ。そしてそれはお前が自分で捨てたもの。

……ただ、この魔物を殺す前に、一つだけやることがあった。やること、というか確認したいこと、か。

俺はイリンを振り返ることなく、わずかに視線だけを向けたまま問いかける。

「……なあイリン、もしかしたらお前の家族も知り合いも、お前自身も……全員死ぬかもしれないけど、それでも俺を信じてくれるか？」

なぜ直接顔を見て言わなかったのか……それは多分、怖かったからだと思う。

何がどう怖いのかを説明することはできないが……だがやっぱり、俺は怖かったんだろう。

「はい」

そうしてイリンの顔をまっすぐ見ることがないまま投げかけた問いに、一瞬の迷いもなく返事があった。

「……迷わないのな」

かけらも迷いを感じさせなかったその答えに、思わず振り返ってしまう。

だがイリンは、何も言わないまま笑顔でまっすぐに俺を見つめている。

俺を見つめるその瞳には、先ほど感じたことが間違いではないと証明するかのように、疑いの色は一切なかった。

ここに来るまで俺はいろんな失敗をしたし、そのことでイリンを傷つけもした。

それなのにイリンは俺ならできると、そう信じてくれている。

なら……これほどまでに信じてくれるなら……

「ここで失敗するわけにはいかないよな」

そう言って改めて正面へ向き直ると、俺は目の前の神獣の頭を挟み込むようにして、左右に収納魔術の渦を展開した。

「ふざ、けるなっ……！　死ぬなど……我が死ぬなど、そのようなことがあっていい筈が――」

「潰れろ」

未だに喚く声を無視して、俺は収納の渦の間隔を徐々に狭めていった。

収納の渦に挟まれた神獣の頭は、高速で左右の渦に交互にぶつかり続け、まるで微振動しているようにも見える。

そして最終的にはその威力に耐え切ることができずに――潰れた。

頭部の残骸は全て渦の中へと収納され、その場に残ったのは、首から先のない大きな獣の死体だけだった。

「さて、後は神獣の力を制御するだけだ……」

神獣の死を確認した俺はふう、と息を吐き出すと首を振り、その死体へと近づいていく。

死体に手を当て探知を発動すると――

……あった。これだ。これが神獣の力の塊か。イリンたちへと繋がっている大元だ。

だが……なんだこれは？

ざっと見た感じだと構造としては魔力の塊だが、ただの魔力ではない。なんらかの魔術がかけられている。

だがこれでは、神獣は人工的に作られたことになるぞ？

……いや、そんなことはどうでもいいか。ともかく今は、この魔術を制御して、消滅しないようにしないと。

無理やりでいい。どうせ詳しい解析なんてできないし、そんな時間もないんだ。

要点だけ見極めて、後は勇者としての膨大な魔力で包み込んで無理やり安定させ、制御する。

それさえできれば十分だ。

「――え？　……はっ!?」

だが、その制御を試みている途中、その力の塊は、神獣の体を勝手に抜け出した。

普通、魔力だけでは目に見える形で空気中に長く存在しているなんてことはできない。

大抵はすぐに散って空気に溶けてしまう筈だ。

だというのに、この力の塊はその形をはっきりとさせたまま浮かんでいる。

なぜ……これが単なる魔力の塊じゃなくて、魔術らしきものに包まれているからか？

「ま、待てっ！」

そんなことを考えていると、その神獣の力の塊はなぜかイリンの方へと進んでいく。

そして、すっと溶け込むようにイリンの体へと入り込んでいった。

「え？」

「イリン⁉」

自分の中に入ってくる魔力の塊を、体がまともに動かないせいで呆然《ぼうぜん》と見ていることしかできなかったイリン。

そんな彼女の側に駆け寄って様子を見てみるが、先ほどまでの魔力の塊は完全にイリンの中に溶け込んでしまっているようで、もはやその存在を感じ取ることはできなかった。

「イリン！　何か……何か異常はないか⁉」

「え、い、いえ……特には何も……っ⁉」

俺が尋ねても特におかしなことは感じられないのか戸惑った様子のイリンだったが、突如、何の前触れもなく体を跳ねさせた。

「あ……ぐぅ、ぎいいいぃぃぃいいっ‼」

そしてイリンは、叫ぶという表現では物足りないほどの絶叫を口から吐き出し、のたうち回るように暴れ始めた。

「イリン！　おい、イリン！」

くそっ！　何がどうなってんだよ！

途中まではいい感じだった筈だ。少なくとも制御は不可能ではないと感じた。

だってのに、なんで……何がっ！

ともかくなんとかしないと。考えろ考えろ。なんでこんなことになった。イリンには何が起きている。

まず原因として考えれらるのは、さっきの力の塊だろう。あれがイリンの中に入ったのが原因に違いない。

だとしたら、咄嗟に思いつくのは拒絶反応だ。

神獣の魔力がイリンに馴染まず、体内で暴れている可能性がある。

ならどうすればいい？　もし苦しむ理由がそれだったとして、何をすればいい？

必要なのは、暴れている魔力を抑えることだ……できるか？

……いや、馬鹿か俺は。できるできないじゃないだろ。やるんだ。やるしかない。

さっき俺は、あの力の塊を制御するために魔力を流していた。

今はイリンの中に入ってしまったが、だからといって俺の制御が完全に外れたわけじゃない。

なら、少しくらいは俺が操って沈静化《ちんせいか》できる筈だ。

俺はそう判断すると、か細くもまだ繋がっていた力の塊を無理やりねじ伏せるようにして抑えつけた。

その繋がりは本当に細く弱いため、それほど強く力の塊を抑えられない。

かといって、苦しんでるイリンに、これ以上別の魔力を流し込むのは躊躇《ためら》われた。

だから今ある繋がりだけでなんとかしようとしたのだが……その甲斐《かい》があったのか、次第にイリンは暴れなくなり、容体《ようだい》は落ち着いていった。

しばらくするとイリンは目を開き、自分のことを抱きかかえている俺を見上げた。

「だい、じょうぶです」

「大丈夫って、お前……」

そんなに辛そうな顔してるじゃないか。

辛いだろうに、だがそれでもイリンは笑っている。

しかしそんな笑みでは、到底その辛さを隠し切ることなどできていない。

「……心配、してくださるのでしたら、一つお願いが……」

「なんだ。何をする？　俺は何をすればいい!?」

「膝を、貸していただけませんか？」

「ひ、ざ……？」

一瞬だけイリンが何を言っているのか分からず、間抜けな声を上げてしまった。この状況で膝を貸せとはいったいなんでだ、と。

「はい」

だがそれでもイリンが頷いたので、俺は言われるがままに抱きかかえる体勢から膝枕《ひざまくら》をする体勢へと変えた。

「……これで、いいのか？」

「はい、ありがとう、ございます……少々疲れました。少し、休ませていただいても、よろしいでしょうか？」

「ああ。お前が寝ている間、どんな危険からだって守ってみせるよ」

「なら、安心です」

なんとかするなんて言って、信じてくれなんて言ってたくせに、こんなに苦しませてしまっている。だというのに、それでもイリンはまだ俺を信じてくれていた。

「愛しています。私のご主人様」

「──ああ、俺もだよ」

「では、おやすみなさい」

＊＊＊

俺、ウォルフは、洞窟の中で立ち上がる。

「音が止んだか……」

つい先ほど、さっきまで続いてた筈の戦闘音が消えた。

ってことは、だ。当然ながら戦闘が終わったってことで、それはアンドーたちが逃げたってことでもある。

いくらあいつが勇者だっつっても、なんとかするっつっても、あんな化け物に勝てるわけがねえからな。

もしかしたらあいつなら、なんて期待もしてねえ訳じゃねえが、それに全てをかけるってのはあまりにも都合がよすぎる。

アンドーが神獣を倒して、イリンを助けて、んで神獣が死んでも里の奴らが問題なく生きていられるよう、何かをしてくれる。

そんで……そんで、この里はもう誰も犠牲にしなくて済むようになる。

そんな夢みてえなことを前提として行動するわけにはいかねえ。

俺は間違った選択をしたかもしれねえ。俺自身、なんでこんなことしてんだろうなんて思ってもいる。

長なら一人を犠牲にしても他の奴らを守るべきだ。

だが俺が選んだのは、一人を救って他の奴らを見捨てるという選択肢だ。

んなのは長失格だろうよ。

それでも俺はここの里の長なんだ。なら最後に、俺は俺の役割を果たしに行くとするか。


洞窟から里に戻ったんだが、なんだか里の様子がおかしい。

どこか慌てたような感じっつーか……

「ウォルフ！　どこに行ってたん――」

そんな中、弟のウォードが焦った様子でこっちに駆け寄ってきたが、その言葉は途中で止まった。

「……どうした？」

「いや、どうしたって……お前がどうしたんだ？　何があった？」

「あん？　……ああ。気にすんな」

今の俺の様子ってのは、他人から見て取れるほど悪いみてえだな。

ま、これからのことを考えたら、それも当然だろうよ。

「だが……」

「んなことより、そっちこそなんだ？　何か言いかけてたろ？」

まあその内容は聞かなくても分かってっがな。

どうせ、さっきまで続いてた戦闘音のことだろう。今までも儀式は何度もやってきたが、その途中であんな音がするなんてことは一度もなかったからな。

「あ、ああ……お前はさっきまでの音を聞いたか？　あれはおそらく神獣が戦っている音だと思うんだが、まだイリンの儀式が終わっていないぞ。それどころか、タイミング的にイリンが神獣と会っている時間だ。まさかとは思うが、神獣がイリンを襲っているんじゃ……」

さてどうすっか……

俺は何が起こったのか分かるが、こいつらはそれを知らねえ。

とりあえず、直接行って詳しい様子を確認するか？

イリンとアンドーは逃げただろうが、神獣が腹いせにここを襲うかもしんねえ。

まあ、もしかしたらここは襲われずに済むかもしんねえが……なんとも言えないな。

ともかく、ここで俺が動かなきゃこいつらは安心しないだろうし、動いた方がいいだろうな。

……いや、違げえな。俺が確認したいんだ。

どうなったのか。俺たちはどうなるのか。それを確認したいんだ。

都合のいい夢が夢のまま終わるのか。希望なんてのは端《はな》っからなかったのか。俺たちが逃げ出すことのできる未来はないのか。それが知りてえんだ。

……たとえその先が地獄に続いていたとしても、確認しないわけにはいかないだろう。

そしてその結果次第で、里の連中に全てを伝えるか決めればいい。

今の平穏が終わるにしても、終わるその瞬間まで気づけねえならその方がいいからな。どうせ理由を知ったところでなんもできねえし、無駄に不安を煽《あお》るだけだ。

なら終わるその瞬間まで笑ってられた方がいい。

とりあえず、ウォードを安心させてやる。

「まあ待てよ。もしかしたら、この間の魔物たちの残りが神獣んところに攻め込んだのかもしんねえだろ。むしろその方が可能性としては高え。今まで儀式では何もなかったのに、イリンだけってのもおかしいからな」

……は。事実を知ってるくせに、どの口がそんなことを言ってんだかな。

「……確かにそうかもしれないが……」

「俺が様子を見てくるからお前らは解散しろ。んでいつも通りに戻れ。明日になっても戻らねえようなら、俺は死んだと思え」

だから俺はそう言ってから俺を呼び止める声を無視して走り出した。

が、そのまますぐに神獣のところに向かうわけじゃねえ。一旦家に寄って、そこで武器を——魔物の襲撃の時にアンドーから渡された剣を持っていく。

こんなもん持ってったところで、俺じゃ神獣に勝てねえのは承知してる。

だがそれでも、もしアンドーたちが少しでも神獣を弱らせてくれていたら、俺でも倒せるかもしれねえ。そう思ったからだ。

殺したところで、俺たちと神獣の繋がりをどうにかする方法がある訳じゃねえ。

それでも、このまま何もせず死ぬよりはマシだ。

抗えば、もしかしたら俺たちは生き残れるかもしれねえし、誰か一人だけでも生き残ることができるかもしれねえ。

だから俺は、俺たちにこんなくそったれな生き方を押し付けた神獣を殺しに行く。

……つっても、十中八九死ぬだろうがな。それほどまでに俺たちと神獣の力の差は大きい。

最悪を想定して最高の行動をしろってのは、昔の勇者の言葉だったか？

……はっ。今の状況で最高の行動ってなんだよ。何をしたって最悪の未来しか見えやしねえ。

それでもやるっきゃねえんだ。たとえそれがクソったれな終わりに続く道であっても、もう俺たちは止まれねえ。

俺は息を切らしながら、儀式の場所となる、神獣が住まうエリアに辿り着き——目の前に広がる光景に呆然としてしまった。

元の静かな森と同じとは思えないほどに、荒れ果てた大地。

「何だこりゃ……」

俺は呟きつつ、そいつの姿を視界に収めた。

一人でもこの地獄から抜け出すことができれば、それは俺たちの一族が救われたことと同義だと俺は思っていた。

だから俺はあいつに——アンドーに頼んだ。

あいつなら信頼できる。あいつなら、何があってもイリンを守ってくれる。

そう思ったからこそ俺は、俺のせいで苦しむことになったイリンを守ってほしいと頼んだ。

「それが、まさかこんなことになるとはな……」

まさかだ。

まさかこんなことになるとは思ってもいなかった。

過去の勇者が挑んでも食い殺されて終わったなんて言われてるくらいだから、ほんのちっぽけな期待しかしていなかった。

だから、まさか……神獣が倒されるだなんて、思いもしなかった。

「誰だ」

俺が近づいていることに気づいていたのか、鋭い声が響く。

俺がイリンを助けて欲しいと願った男。異世界からやってきた勇者──アンドー。

アンドーは血まみれとなった巨大な獣の死体から少し離れた場所で、木に寄りかかりながら、横たわる女の頭を膝に乗せていた。

あの女は見たことがねえが、面影があるからイリンだろうな。

アンドーは俺の姿を見ると、鋭かった雰囲気をやわらげる。

「ああ、なんだお前か」

「……ああ」

そしてそのまま、俺のことなんてどうでもいいとばかりに膝の上に眠っているイリンへと、柔らかい表情を向ける。

いい雰囲気のところ悪いが、何があったのか聞かなきゃなんねえ。

この状況を見ればおおよそのことは分かるが……長として必要だから、ではなく、俺が聞きたいから。

「神獣は…………どうした？」

「倒した……いや、殺したよ」

「そうかよ」

随分とあっさりとした答え。それに返す俺の言葉も、あっさりとしたものだった。

思っていたよりも乾いた自身の声に、内心驚く。

嬉しい筈だ。クソみてえな地獄から抜け出すことができたんだから。

だが……なんだ？　夢が叶《かな》う時ってのは、こんなにもあっけないものなのか？

「……イリンは寝てるみてえだな」

「随分と頑張ったからな」

困惑を誤魔化すために適当に目についた話題を振ったが、そこで俺は、とある違和感に気づいた。

手を握り、腕や足を動かしてみても、まったくの今まで通りだったのだ。

「ああ。神獣が死んだことでの影響だろ？　心配しなくても平気だ」

自分の体を見回している俺に気がついたのか、アンドーはこともなげにそう言った。

「……対処なんて、できるもんなのか？」

「できる、というより、できた、だな。方法は思いついていたが、実際にうまくいくかは分からなかったし、上手くいったのも場当たり的な偶然だ」

そう言ったアンドーはまた俺からイリンへと視線を戻したが、その声はどこか悔しげだった。

「そりゃあ、イリンが関係してんのか？」

「よく分かったな」

「そいつから力を感じるからな」

それに、お前の表情と様子を見てりゃあなんとなくの察しくらいはつく。

「そうか。まあそうだな。何があったか話すべきか」

そうしてアンドーは「これは俺の予想だが……」と切り出して何があったのかを話し始めた。

「端的に言って、イリンが次の神獣になった」

「は？」

第5章　里と元勇者と元奴隷のこれから

俺の言葉に、ウォルフがポカンと口を開く。

「おいアンドー、イリンが次の神獣だと？」

「状態だけ言えばな」

これはあくまで予想なんだが……まずは俺が何をやろうとしたか、から話した方がいいか。

一通り何があったのか話してから、俺は現状から導き出せる仮説を口にする。

「——それでようやく落ち着いて、今は寝てるってわけなんだが……イリンの体の様子を見た感じ、イリンが神獣の力を受け継いだ、と考えるのが適当じゃないかと思ってる」

力の継承。

それは力あるものが死ぬことで、その力が側にいたものや、自身が認めたものへと移るという、元の世界の物語でよく見た現象だ。

改めてあの光景を思い出すと、いかにもそれっぽい感じがした。

実際イリンは苦しんだものの死んではおらず、怪我や不都合があるどころか、むしろその力は増しているように思える。

俺ではなくイリンに力が移ったのは、俺には資格がないとか、イリンには神獣とのつながりがあったからとか、そんなところだと思う。

そうしてイリンは神獣の力を手に入れたわけだが、それはある意味でイリンが次の神獣になったとも言えるんじゃないだろうか？

「もちろんこれは違うかもしれないし、詳しい原理だなんてのは分からない。が、お前たちにも問題はないようだし、状況的に見てそうだろうと思う」

「……なら、イリンが神獣の力を継いだから、本来なら神獣の死と共になんらかの影響が出る筈だった俺たちは助かったってことか？」

「いや、これぱっかりは様子を見ていないと分からない。元々神獣を殺したらその力を貰っている者たちにも影響が出る、なんてのは予想でしかなかったんだし。それに、まだまだこの先、影響が出ないとも言い切れないしな」

結局のところ、ウォルフたちが死ななかったのは、イリンが力を継いだからではなく、最初からそんなもんだった可能性もある。

だから今後ウォルフたちがどうなるかなんてのは分からない。無責任なようだが、所詮俺は専門家ではないのだ。

「……そうかよ」

ウォルフはそう言うとその場に座り込んで空を見上げて目を閉じた。

その様子は何を考えているのか分からないが、色々と思うことがあるんだろうな。

「……なあ」

「あん？」

空へと顔を向けながら黙っていたウォルフだが、しばらくすると目を開いたのでそのタイミングでウォルフに声をかけた。

もう少しくらいは放っておいてやりたいとも思うが、今はどうしても聞かなければならないことがあるのだ。

「イリンが神獣の力を受け継いだとして、どうするんだ？　お前たちが死ぬことはないっつっても、神獣は死んだ。この事実は変わらないだろ？」

「……ああ。どうすっか……」

神獣に逆らって死ぬ気だった。もっと言うなら里の奴らも巻き込んで死ぬつもりだったウォルフは、予想に反して神獣が死に、自分たちも生き残ったことで、気の抜けたような様子で呟いた。

そんな様子に、やはりもう少しそっとしておきたいとも思わなくもない。

だが、悪いけどこの話が終わるまでゆっくりするのはなしだ。

「神獣が死んだ事実は隠せない。なら神獣が死ぬ理由となった原因と、その後の対策が必要になる」

「だが、神獣が死ぬような状況なんざ思いつかねえぞ」

まあそうだろうな。死ぬような状況がそんなにすぐ思いつくなら、こいつは……いや、こいつだけではなく代々の長たちは、神獣を殺しにかかっただろうからな。

だが、それは自分たちが実行できる範囲での殺し方を前提にしているから思いつかなかっただけだろう。たとえば、ただ生き物が死ぬ状況を思い浮かべてみたら？

「……元々死にかけてたってのはどうだ？　病気でも呪《のろ》いでも怪我でもなんでもいいが、死にかけていて、死ぬ前に自身の力をイリンへと渡した……とか」

ここの里の人たちは神獣の本性について知らないどころか、自分たちに力をくれる守り神、くらいに思っているだろう。

であれば、そんな綺麗なストーリーであっても、そうおかしくはないと思う。

「悪かねえが、その前の戦闘音はどうする？　あの音は洞窟でも聞こえたが、里でも聞こえた。戦闘がなかった、なんてことにはできねえ」

ああそうか。洞窟にいた俺たちにも聞こえたんだから、開けた場所の里ならもっとはっきりと聞こえてもおかしくなかったな。

だがそれだとどうするか……何か原因となりそうなものは……

「……魔族」

その発想に思い至った俺は、知らず知らずのうちに声を漏らしていた。

「あ？　魔族？」

「そうだ、魔族だ。あいつらが暗躍《あんやく》して神獣に呪いをかけていた。そのせいで神獣はイリンのことを敵だと認識して戦うことになったが、神獣はイリンにとどめを刺す前に自身の状況に気づいて、戦いをやめた。そして自身の力をイリンに授けて死んだ」

魔族はいろんなところで暗躍してるみたいだし、悪事をなしている。

その魔族がここにも手を出して神獣がその影響下にあった。

これならば話の筋としてはそれほどおかしくない。神獣にいい感じに終わるのは気に入らないがな。

「……悪かねえ。魔族が関わってたってんなら、大抵は誤魔化せるからな」

大体あいつらのせいと言っておけば、基本的になんとかなるという考えに、ウォルフは少し思案してから同意して頷いた。

「だが、それだとイリンが次の長になるぞ」

……まあ、そうか。守り神である神獣から認められ、その力を受け継いだ少女。どう考えても普通ではいられないよな。

けど、俺は別にそれでも構わないと思っている。

長になってしまえば、イリンはこの里から離れることができなくなるだろう。

そんなイリンと一緒にいたいと願うなら、俺もここに留まらないといけない。

だが、それだと俺の目的——王国に置き去りにしてきた勇者の救出と、イリンの尻尾の治療方法を探す旅に出ることができなくなる。

ただまぁ、イリンと結婚するのも三年後の話だ。それまでにやることも終わっていれば、なんの問題もない。

ともかく、全てはイリン次第。

この子がいいといえばそれで構わないし、嫌だというのなら俺は長にするというのを止める。

「……イリンがそれを認めればな」

「でしたら、断らせていただきます」

俺が言葉を発した直後、俺でもウォルフでもない可愛らしい、だけど以前よりも少し大人びた声が下から聞こえた。

「……イリンっ！」

突然の声に俺はすぐに反応することはできなかったが、イリンが体を起こしてまっすぐに俺を見つめたことで、俺はハッと意識を取り戻してイリンの名前を呼んだ。

「どこか、どこかおかしなところはないか!?」

「ご心配ありがとうございます。多少の違和感はありますが、問題ありません」

触ったら何かまずいことが起こったりしないか、なんて考えてしまったせいで、イリンに手を伸ばしながらも触れずに、どことなく情けない格好になってしまった。

「それで先ほどの話ですが、私は長になるつもりはありません」

イリンはそんな俺に向かって笑いかけると、スッと真剣な表情になってウォルフの方を向いた。

「だったらどうするってんだ？　それとも、ここを出てくか？」

「……一つ、聞かせてください」

そんなウォルフの問いには答えず、イリンは静かに目を閉じてゆっくりと深呼吸をした。

「あなたが、私たちを売ったのですか？」

そして再び目を開けた後、静かに、だがはっきりと問いかけた。

「そうだ。俺がお前たちを売った。俺のせいでお前の友達は死んだ」

イリンの様子から、ウォルフもあらかじめ予想はしていたのだろう。

その問いに対して、ウォルフはほとんど間を置かず、はっきりと誤魔化すことなく答えた。

その瞬間、イリンからは強い怒りの感情が放たれたのが分かった。

イリンは立ち上がり、神獣との戦闘でボロボロになった服にまだギリギリついていた鞘から短剣を抜き放ってウォルフへと向ける。

「……はっ。そうだよな。お前は俺が憎いよな」

「剣を」

たったそれだけの短い言葉ではあったが、それの意味するところは俺にも理解できた。

つまり、イリンはウォルフに戦えと言っているのだ。

「……お前になら殺されても文句はねえぞ」

その言葉の意味をウォルフも理解しているだろう。だがウォルフは自身の剣に手を伸ばすこともなく自嘲《じちょう》の笑みを浮かべているだけだ。

「剣を」

しかしイリンから返ってくるのは、先ほどと全く同じ、とても短い言葉。

ウォルフはどこか諦めたように、剣を抜き、構える。

「いきます」

お互いに向かい合って武器を構えると、イリンはそう言ってウォルフへと向かって走り出した……んだと思う。

なんでそんな言い方なのかと言うと、正直言って、今のイリンの動きが全く見えなかったからだ。

俺に分かったのは、イリンが動き出したと思ったらウォルフの側に現れていて、剣を合わせていたことくらいだ。

「ク、オラアッ！」

イリンの剣を受け止めたウォルフは苦しげな声を漏らした後、イリンのことを蹴り上げようとしたが、それはあっさりと避けられていた。

一度その場から離れたイリンだったが、すぐにウォルフへと近づき、攻撃を加えている。

攻撃を加えると再び離れてまた近づくという、ヒット&アウェイの戦法をとっている……らしい。多分。

先ほどに続き、もはやイリンの動きは俺の目には追えない。状況から判断しているだけだ。

だが、それでもどちらが優位なのかくらいは分かる。

イリンだ。それも、圧倒的に。

「ぐ、く……ラアアッ！」

ウォルフはまだイリンの動きが見えているのか、致命傷はしっかり防いでいるようで、金属のぶつかる音が聞こえる。

だがそんな俺の目には捉えきれない戦いもついに終わりへと向かう。

バギンッ、と硬い何かが折れる音が響き、イリンは動きを止めた。

どうやら手に持っていた短剣が折れたようだ。

しかし、武器が折れた程度では戦いは終わらない。

イリンは折れた短剣を、思い切り投げつけた。

ウォルフはそれを避けることもできただろうが、体勢が崩れることを嫌ったのか剣で受け、弾いた。

だが、その短剣を弾いた時には既にイリンは跳躍して、ウォルフの頭上へと存在していた。

そして、踵落《かかとお》とし。

直後、轟音《ごうおん》が響き渡り、土煙が視界を遮る。

視界が遮られたことで、何がどうなったのか分からない。

さっきのイリンの踵落としの前に、ウォルフはギリギリでガードしたっぽいんだが、間に合ったのかまでは分からない。生きて、いるだろうか？

このまま見ているべきかと思っていると、イリンが風を起こしたのだろう、視界を遮っていた土煙が、不自然な様子で晴れていった。

そこにあったのは、砕けた地面と鉄の残骸。それからイリンのいる場所から少し離れたところで倒れていたウォルフだった。

「随分と、でかくなったもんだな……」

全身傷だらけの身体をなんとか起こしながら言うウォルフに、イリンが近づいていく。

「あなたは小さくなりましたね。昔見たあなたの戦う姿は、もっと大きかった」

「……そうかよ」

あとはトドメを刺せば復讐は終わる。

しかしイリンは、ウォルフにトドメを刺すことなくその場を離れ、こっちに向かって歩いてきた。

「……どうした。殺さねえのか」

「そんなことをしたところで、みんなは帰ってきません。それに、あなたは必要ですから」

ウォルフの言葉に一瞬だけ足を止めたものの、イリンはそれだけ言うと再び俺の方へと歩き出した。

戻ってきたイリンはペコリとお辞儀をしたが、その顔はなんとも言えないものだった。

悲しんでいるような悔いているような、そんな感情が見えるもの。

そんなイリンに何も言うことなく、俺はただ抱きしめた。

腕の中からは小さな嗚咽《おえつ》が聞こえた気がしたが、きっと気のせいだろう。

その後は、イリンを交えて話し合いを再開することとなった。

まだイリンとウォルフの仲はいいとは言えないが、それでも話し合いの必要性は理解しているようで、どちらも先ほどのことには何も触れずに参加してくれている。

「……先ほどの話ですが、一つ訂正を」

話し合いの中でイリンはそう言ったのだが、先ほどの話ってどれのことだ？　それに、訂正って何をだ？

「神獣は私に力を与えたのではなく、私の様子を心配してやってきた長に力を与えたということにしてください」

「……だがよ、力そのものがなけりゃあ、嘘がバレるのも時間の問題だぞ」

「それならご心配なく。私が与えます」

「お前が？」

「はい。神獣の力は安定していますが、完全に馴染みきったわけではありません。今ならばまだ、他者へと移すことが可能だと思います」

他者に移す、か。本当にそんなことができるなら、問題は解決するな。

ただそれは、ウォルフはもちろん、イリンに負担がかかるんじゃないのか？

そんな心配をするが、イリンはまっすぐにウォルフを見つめている。

「逃げることなんて、許しません。たとえ苦しんだとしても、死ぬまで嘘をつき続けてください。神獣の真実を話さず、子供たちの誘拐のことも話さず、一生誰にも罪悪感を打ち明けることなく苦しんで笑って、みんなのために長として生きてください。それが私があなたに与える罰です」

しかし、いくら俺が心配したところで、この様子ではイリンは諦めないだろう。

「……そりゃあ、随分な罰じゃねえか」

ウォルフはそう言うと、空を見上げて手で顔を覆った。

おそらくは自分が原因で攫われ、そして死ぬこととなった子供たちのこと。それから、神獣によって苦しんだ過去の犠牲者たちのことを思っているのだろう。

そして数分ほど経ってから再び動き出したウォルフは、それまでのどこか諦めた様子ではなく、まっすぐな瞳でイリンを見つめる。

「やってくれ」

「死ぬほど苦しいですが、死ぬ気で耐えてください」

イリンの言葉には、実感がこもっている。

分かってはいたが、やはり相当苦しかったようだ。

「アガ——ガアアアアアッ!?」

そんなイリンの言葉に嘘偽りはなかったようで、ウォルフに手を当てたイリンから、さっきの力の塊の気配が強まると、ウォルフは突如絶叫を上げた。

「イギアアアアアアッ!!」

そして先ほどのイリンと同じように、ウォルフは叫びながら地面をのたうち回り始めた。

だがそれも、しばらく待っていると唐突に終わり、ウォルフは地面に横たわり動かなくなる。生きてはいるみたいだから、ただ気絶しただけだろう。

そしてしばらくすると、無事に目を覚ました。イリンよりも起きるのが早いな。

「……あー……生きてんな」

「その程度で死ぬなんて許しません。死んでも叩き起こします」

普段にはない辛辣《しんらつ》な態度のイリンだが、それも仕方のないことだろうな。

むしろこの程度で済んでいるのが驚きだ。

「思ったよりも馴染んでいたようで全て渡すことはできませんでしたが、私の中にあった力の四割方は流しました。あとはそれをどうにかして頑張ってください」

どうやらウォルフがイリンよりも早く起きることができたのは、そもそも注がれた力の量が違うからのようだ。

それからウォルフは立ち上がると、変化を確かめるように全身を見回す。

「……意外と変わった実感はねえが……ああ、確かにあるな……さて、それじゃあ戻るか」

先ほどあれだけのことがあってまだ疲れているだろうに、それでもウォルフはすぐに里へと歩き出そうとする。

「待ってくれ。最後に一つだけやることがある」

だが、俺はウォルフを呼び止めた。

帰ろうとしたところで悪いんだが、まだやることが残ってるんだ。

残ってるというか、今思いついたんだけどな。


「イリン！　無事だったか！　しっかり成人できたんだな！」

里へと帰ると、ウォードたちイリンの家族と、ウォルフの妻たちが待っていた。

「ウォルフ、何があったんだ？　お前たち二人ともボロボロになって……それになんでアンドーまで……」

戻ってきた俺たちは、俺以外の二人が全身傷だらけの血まみれ状態。特にイリンはひどい。

こっちに来る前に着替えたほうがいいかとも思ったのだが、俺たちの話の信憑性を増すためには今のままがいいだろうということで、そのままで戻ってきた。

だがそんな俺たちの事情を知らないウォードたちはイリンとウォルフの怪我について心配し、本来ならいない筈の俺がいることを疑問に思っているようだ。

「とにかく休みましょう。ひどい怪我よ」

「いや、まだだ。まだやることがある。お前らは里の奴ら全員を集めろ。話がある」

「話なんて……そんなの後でも……」

「集めろ」

ウォルフはイリンとの戦闘によって全身をボロボロにしているわけだが、そうだとは知らないウォルフの妻はウォルフの心配をしている。

そんな自分のことを心配してくれている妻の言葉を無視して、ウォルフは目的を果たすために強引に告げるだけだった。

その態度は、何があっても引き下がらないと雄弁に語っている。

それを見て諦めたのか、ウォルフの妻たちだけではなく、ウォードたちもウォルフの言う通り、里の者たちを集めるために動き出した。


それからあっという間に、広場に里の全員が集まった。

「これから話すことは、お前らにとっては衝撃的だろう。途中、言いてえことも出てくるだろうが、最後まで話を聞け」

里の人たちの前に出ていったウォルフは、一度大きく深呼吸をすると、さっそく口を開いた。

「――神獣が死んだ」

自分たちの長が何を言うのか聞くために静まり返る中、ウォルフは冷静に、はっきりと告げた。

そんな言葉を聞いた里の人たちの反応は、やはり静かなものだった。

何を言われたのか理解できていないようで、ぽかんとした表情や訝しげな表情でウォルフを見ているが、彼らが何かを言う前に、ウォルフは次の言葉を続ける。

「神獣は、魔族に呪いをかけられていた。俺たち獣人のことを敵だと認識するような呪いがな。ほとんどの奴が、少し前に大きな音を聞いただろう。あれは神獣とイリンとの戦闘の音だ。だが神獣は戦いながらも、必死に呪いに抵抗していた――そして最後には、魔族の呪いに打ち勝った。だが、遅かった」

ウォルフが全員に聞こえるようにはっきりと口にし、その場にいる者は誰一人として声を出さずに聞いている。

「既に呪いの影響で体力の落ちていた神獣は、俺たちを殺すまいと必死に呪いに抵抗していたせいで命を削り、呪いを自力で解いた後、死んだ」

神獣が死んだと、再びはっきりとウォルフの口から出てきたことで、それまで静かだった場は一気に騒然《そうぜん》となった。

当然だ。自分たちの信じてた守り神のような存在が死んだなんて言われたら、そりゃあ混乱するし疑うに決まってる。

そんな住民たちを無視してウォルフは強引に話を進める。

「だが！　……ただ死んだわけじゃない。神獣は、後は任せるとそう言い残して、自身に残っていた神獣としての最後の力を俺に授けた。そうして、神獣は力尽きた」

そこまで言い切ったウォルフは、全て話し終えたとばかりに息を吐き出す。

しかし、話が終わったというのに、一度は騒然となったその場は再び静まり返るだけで、ウォルフに疑問を投げかける者はいなかった。

言いたいことはあっただろう。聞きたいこともあっただろう。

だが、何をどう聞いていいのか分かっていないのだ。

その場に集まっている者同士で顔を見合わせたりしているが、何かを言ったりしない。

しばらくそんな静まり返った空気が続いたが、不意に、誰かが口を開いた。

「それは……本当なのかよ？」

口を開いた人物。それは、ウースだった。

「その人間が一緒にいるのはなんでだ？　しかも親父たちと一緒に戻ってきたじゃないか。もしかして、神獣のところに行ったんじゃないか？」

その場に集まっている者たち全員の視線がウースに集まっているが、ウースはそんなことを気にすることなくウォルフを……ではなく、俺を指差して言った。

俺を睨みつけるウースの視線は鋭く憎悪がこもっている。

きっと、あいつにとっては神獣がどうした、なんてのはどうでもいいものなんだろう。

とにかく、絶対に俺を認めない。なんとしても追い落としてやる、神獣のことに何か関わっているならそれを利用して俺を害したい。ただその一心での発言だ。

くそっ。お前、こんなところで来るかよっ。

俺を恨んでいるのは知っていたし、諦めていないのは分かっていた。

だが、状況を考えろよ。今はそういう場面じゃないだろ。

いや、あいつとしては状況を利用したつもりなのかもしれないけどさ。

ウースのその言葉がきっかけとなり、それまで黙っていた者たちが口を開き始めた。

「だ、だったら、それで神獣が気分を悪くした可能性だってあるんじゃないのか？」

「いや、それどころか神獣を殺したのはアンドーで、長たちはそれを隠そうとしてるんじゃ……」

「そうだな。アンドーはイリンと仲がいいし、長が庇おうとするのも分からなくはない。それに……勇者、なんだろ？」

それからは集まった者たちは口々に疑問を……いや文句を言い始める。

そのほとんどが、余り交流がなく、俺……というか人間に好意的ではない者だ。少なくとも、発言している者の中で名前と顔の一致するような奴はウース以外にはいなかった。

「お前ら……本気で言ってんのか？」

そんな里の住民たちの言葉に、ウォルフは怒りを込めて問いかける。

明らかに怒っていると分かる長の声を聞いて、それまでは威勢よく騒いでいた者たちは怯み、黙ってしまった。それは初めに言い出したウースでさえもだ。

「……だ、だって、神獣が死ぬなんて、そんなこと……」

しかしそんな中でも、言葉を発する者はいる。

別にその者は言い訳がしたかったわけじゃないだろう。ただ沈黙が怖くなって口から零れてしまった。それだけのこと。

だが、それだけのことであっても沈黙が崩れてしまえば喋り出す奴がいる。

父親であるウォルフの言葉に一度は怯んだウースだったが、その誰かの言葉で威勢を取り戻したようで再び口を開いた。

「そうだ！　神獣が死ぬなんて、普通はありえないだろ!?　そいつが何かしたに決まってる！　さっさとそいつを追い出すべきだったんだ。だってのにいつまでも置いておくから……」

「イリンが成人してるのが証明だ。もし神獣が本気で敵対して襲いかかったんなら、イリンを成人させるなんてことはしねえだろ？　それに、俺たちが生きてこの場所にいることもねえ。神獣が本気で殺しにきたんなら、俺もイリンも死んでる」

だがそんなウースの言葉は、父親であり長であるウォルフによって遮られた。

しかしまあ、ウォルフはイリンの成人が神獣に敵対してない証拠、なんて言ってるが、実際のところ証拠でもなんでもない。

イリンが神獣によって成人させられた後、戦いになる可能性だってあるのだから。というか、実際にそうなったわけだし。

そのことを無視しながら、ウォルフがウースを睨みつける。

「それに勇者っつっても、ウース。お前ごときに苦戦するような奴だぞ。言っちゃあ悪いが、そんな奴が俺たちの崇めていた神獣に、本当に勝てるとでも思ってんのか？」

自分ごとき、と言われたのが悔しいのか、しかし反論はできないようでウースは黙り込んでしまった。

だが、もしかすると……いやもしかしなくても、俺はバカにされたんだろうか？　いやまあ、それが役に立つっていうんなら構わないけどさ。

「できねえよ。俺だって勝てねえんだ。いくらいろんな武器を持ってるっつっても、その程度で勝てるほど甘かねえよ。そんなの、お前ら自身も分かってんだろ？」

実際、普通に戦おうとすれば、神獣は強かったと思う。

俺の能力と相性的がよかったから割と楽に勝てたが、普通の奴なら死んでいることだろう。それは勇者でも変わらない。

俺だって神獣がもう少し落ち着いて時間をかけて対処してきていたら、魔力切れで負けていたかもしれないしな。

腐っても神獣、決して舐めていい存在ではないのだ。

「……だが、なら俺たちはこれからどうすれば……神獣がいなくなれば俺たちは力を使えなくなる」

「それどころか、成人だってできなくなる。そんなことになれば、俺たちは終わりだ」

ウォルフの言葉でウースは何も言えなくなったようだが、代わりに他の者たちが気落ちした様子で声を漏らし始めた。

「言ったろ、俺が力を受け継いだって。まだ神獣の力を使いこなしてるとは言えねえ。だが、これからは俺が神獣の代わりとして、儀式やらをこなすことになる」

そう言ったウォルフは、神獣の力を使うことで、自身の腕を輝く緑色の獣の腕へと変えた。

そして、それは紛れもなく神獣と同じ色のものだった。

こんなにも早く神獣の力を使うことができるのかと驚いたのだが、ウォルフとイリン曰く、元々自分たちの中にあった力と大元は同じものだから使い方の感覚は分かる、だそうだ。

しかし、神獣と同じ色をした腕は、すぐに元のウォルフのものへと戻ってしまい、ウォルフも隠してはいるが苦しそうな様子だ。

「確かに、俺たちの力は弱くなるだろうな。何せ力の元が俺に変わるんだ。だがよお、お前たちはその程度で弱音を吐くような奴らだったのかよ。お前たちは今までなんのために戦ってきた。なんのために鍛えてきた。里を守るためじゃねえのかよ」

だがそれでも、苦しさを押し殺したウォルフは言葉を続ける。

「神獣の力が消えた？　だから諦めるってのか？　諦めて魔物の餌《えさ》になるって？　諦めて大事な人を見殺しにするって、お前らはそう言うのか？　ざけんな！　違えだろ！　俺たちはそんなことで諦めたりしねえ筈だ！　大切な奴を守るために戦ってきた筈だ！」

ダンッ！　と、まるで歌舞伎《かぶき》のように大きな身振りで、ウォルフは強く、自分の乗っている台を踏みつけた。

「何卑屈になってやがる！　戦え！　奮い立て！　多少力が弱くなったところで俺たちは負けやしねえ！　仲間を、家族を守るためなら、俺たちは何にだって負けねえんだ！」

そしてこの状況。クライマックスといっても差し支えないこの場面で、ウォルフは反論を許さないほどの勢いで言葉を続けていく。

「「「「────!!」」」」

そのおかげで、集まった里の者たちはウォルフの言葉に理解を示し、雄叫びを上げる。

獣人は一人一人でもかなりの声量だ。そんな獣人の里のほぼ全員が合わせた声は、耳を震わせるどころか、大地を、空を激震させた。

「……大丈夫そうだな」

さっきからずっと俺のことばかりを目の敵にしているウースは未だに諦めていないようで苦しげな表情をしている。だが、それ以外の者たちは既に納得したようで、その顔はやる気に満ちたモノへと変わっていた。

落ち着いたら後から不安や異論は出てくるだろう。だが、こうして一度纏まったからには、何かあっても大丈夫だと思う。


ウォルフの演説を終えてから……つまり神獣を倒してから、数日が経った。

「ウォード。イリンの怪我もほぼ治ったし、俺は明日になったら出ていくよ」

本当なら、イリンの儀式を見届けた翌日にはここから去るつもりだった。

だが、こんな状況だったので、様子を見るべく留まっていたのだ。

その間、神獣の件で難癖をつけられないようにするために、里の住民の目につかないようにウォードの家にこもっていたのだが、それももうおしまいだ。

イリンは元々の治癒力に加えて俺が渡した薬のおかげもあってか、目に見える傷はもうなくなっていた。

神獣の力を取り込んだことでどうなるかと不安だったが、それも今日に至るまでなんの異変もないし、もう大丈夫だろう。

そしてそのことを朝食の席でウォードたちに告げた。

「……本当に行くのか？」

「ああ。元々イリンの儀式を見たら出ていくって言ってただろ？」

「それはそうなのだがな……もう少しいてもいいんじゃないか？」

「いや、あまりゆっくりするのもアレだからな」

アレってなんだと言われるとなんとも言い難いんだが、これ以上はここにいづらい。いても問題ないのかもしれないが、いずれ面倒なことになりそうな気がしたのだ。

この数日程度は大丈夫だったが、これ以上里にいると、またウースみたいなのが突っかかってくることになるだろう。

未だ混乱の残るこの里の状況からすると、そんな問題は起こらない方がいいに決まっている。

「私たちとしては、もうイリンが成人したのだし、結婚して番ってもらっても構わないのだけれど……」

「そうよね。番う気はあるのでしょ？」

「まあそれは……まあ、あー……あるけど……」

それはあるんだが……こうも相手の親から勧められるとな……

イーヴィンたちは俺とイリンの結婚を勧めてくるが、イリンは成長したと言っても、実年齢はまだ子供だ。

だから色々と……なんだ。そんな年の離れた子との付き合いとなると、躊躇《ためら》われるものがある。

ついでに言えば、朝食の席でみんなが集まっているので当然ながら隣にはイリンがいるので話しづらい。

まあ、結婚するとなっても、両親も本人もウェルカムで、特殊だとはいえ成人してるし、ここは日本じゃないんだから法的には問題ないんだが……それでも、戸惑ってしまうものがある。

「だが、それはやるべきことが全部終わってから……とまでは言わないが、それでもせめてイリンの尻尾を治してからにしたいんだ」

俺がはっきりと答えないのは、その理由が大きかった。

俺を守るために怪我を負い、短くなってしまったイリンの尻尾は、神獣の力で体が成長しても治ることはなかった。

イリン本人はそのことを気にしていないようだが、それでも俺が気にするのだ。

尻尾を治すまでは、俺はしっかりとイリンと向き合えないような気がする。

こんな言い訳をしてうじうじと情けない気はするんだけど、どうしてもそう思ってしまうのだから仕方がない。

とにかく、イリンがついてくるようになるまで、あと三年ある。

その三年の間に色々とやらなければならないことを済ませられるといいんだけどな。

……ん？　なんだ？　何か引っかかるな……何か大事なことを忘れているような。ボタンを掛け違えたような、そんな違和感がある。

いや、それは後で考えよう。今は目の前のことに集中しないと。これは集中せずにできるようなことじゃないんだから。

「治す方法を見つけて、イリンの尻尾の怪我を治して、そうしてから俺は改めて告げたい。だから……」

ああ、くそ……怖いな。今までのイリンの態度や言葉から彼女がどう答えるかなんて分かってる。

俺が今ここで告白したところで断りはしないだろう。

だがそれでももしかしたらと思うと、怖い。

「それまでは待っていてほしい」

怖さを振り切り、俺は成長して目線が高くなったイリンのことをまっすぐに見つめてそう言った。

……これ、イリンの気持ちを知ってるから言えたけど、分からない状況だったら何も言えなかっただろうな。

そう思えるくらいに自分の真剣な想いを伝えるってのは怖いことだった。

「まあ、お前が俺のことを好きでいてくれるってのが勘違いじゃなくて、その時まで好きでいてくれたらだけど」

最後にそう言って保険をかけるように誤魔化してしまったが、それくらいは許してほしい。

「そう、ですね……私も、面と向かってはっきりと想いを告げるべきなのでしょうね」

イリンは唇を噛み締めて目を瞑ると、しばらく黙り込んでしまった。

……え、何この反応？　まさかとは思うけど……断られたり――

「私はあなたが好きです。何よりも、誰よりも愛してます」

なんて思っていると、イリンは目を開いてまっすぐに見つめて口を開いた。

よかった、断られなかった。

「だから、ずっと待ってます。たとえ何年経っても、世界が滅んでも、想いを聞けるその日まで、ずっと」

世界が滅んでもだなんて、大袈裟《おおげさ》すぎるだろと思うが、イリンなら本当に亡霊《ぼうれい》となっても待ってそうで、ちょっとあれだな。

「けれど、あまり待たせないでくださいね？　じゃないと……」

イリンはにこりと笑ってそれ以上は言わなかったが、その笑みは以前とは違って随分と挑発的というか、好戦的なものだった。

なんだ？　何を言おうとしたんだ⁉

その日の昼、俺はウォルフに呼び出されて、以前神獣について教えてもらった洞窟に向かった。

到着すると、ウォルフが洞窟の前に座り、目を瞑りながら何かをしていた。あれは座禅でも組んでるのか？

「今の状況でこんなところに来ても平気なのかよ」

「神獣の力を受け継いだって言っても、やることが特にねえからな。お前が焼いたから、神獣の死体の処理もしなくて済むし」

そう。俺はウォルフの言った通り、神獣の死体を焼いた。

あの時、帰る際にやり残したこととはそれだ。

俺はあの神獣を倒す時に、頭をこう、破裂させて倒したが、神獣がウォルフに力を渡して息絶えたことにするなら、その死体に頭がないのはどう考えてもおかしい。

なので、ドラゴンの頭部の骨を収納から出して、ちょっと形を整えてから、神獣の死体の側において一緒に燃やしたのだ。

よく見れば別物だが、いくらなんでも守り神の亡骸をいつまでも放置しておくわけにはいかないということにして、翌日には既に埋めてしまった。

だから、もう判別なんてつけることはできない。

「強《し》いて言うなら力の習熟くれえだが、それならそれでここにいても問題ねえ」

確かに儀式の時は色々と変わるだろうけど、それ以外の仕事に特に変化はない。

普段から暇してたウォルフとしては、その力の習熟のためなら積極的にサボっても構わないということだろう……長なんだから本当に暇なのか、というのはさておき。

そんな話をしているうちに、ウォルフは立ち上がると、洞窟の中へと入っていく。

俺もその後を追うように進んでいった。

「……なあアンドー」

「なんだ？」

「俺はな、お前がイリンを里に連れ帰って来た時に、何やってんだって思った」

ウォルフが話しているのは、俺がこの里にやって来た時のことだ。

「考えてもみろ。他のガキどもを犠牲にしてまで遠くにやったイリンを、連れ戻してきたんだぞ？　連れ帰ってきてくれて感謝したのは本当だが、同時に、それじゃ意味がねえじゃねえか、ふざけんなっとも思ってた」

……まあ、ウォルフからしてみれば素直に喜べる話じゃないだろうな。

本来いなくなる筈じゃなかったイリン以外の子供たちは死んで、いなくなる筈だったイリンだけ帰ってきたんだから。

しかも、その唯一生き残ったイリンまでもが神獣の餌食になれば、残るのは自分の罪悪感だけだ。思い返してみると、ウォルフは初対面の時に俺に殺気を向けていた。それはイリンが首輪をつけていたことに対してではなく、この理由が大きかったのだろう。

「ウースとのイリンをかけての試合だってそうだ。正直、俺はお前が勝てるとは思っちゃいなかった。今だから言うが、正直お前のことを雑魚だと思ってたしな。初対面の時のお前からはなんの覇気も感じなかった、動きだって悪い。そんな相手なら、ウースが勝てると思ってた。そして、お前が負けて里からいなくなれば、イリンは確実にお前を追って出ていくことになる」

雑魚……いやまあ確かに俺は武芸者ってわけじゃないから覇気なんてなかっただろうけど……まあいいや。

「だが、イリンは追ってこなかったかもしれないじゃないか」

「いや、追っていった。お前はイリンがお前の後を追わないと、本気で思うのか？　お前を追うために神獣に挑んで傷を負わせるような奴だぞ？」

……まあ確かに。イリンは少々過激と言うか、行動力があるところがあるからな。ウォルフの言った通り、俺が里を出れば追ってきたかもしれない。

「試合の最中にお前に言ったイリンの追放だってそうだ。あの時お前が負ければ、イリンは里から出ていくしかなかった。それもちゃんとした理由があってだ」

ああ、だからウォルフはわざわざ試合の途中で追加の条件なんて出したのか。

あれは俺の本気を出させて里に受け入れさせるためじゃなくて、イリンごと里から追い出すためだったと。

まあ確かに、こいつが追加の条件を出すまで俺は劣勢だった。俺が手を抜いていたのを見抜いたのは確かだろうが、あの時点での俺の様子を見る限り、俺が本気を出したとしてもウースには勝てないとウォルフは思ったわけだ。

実際、俺はスキルを使わなきゃウースに負けていた。

合法的にイリンをこの場所から——神獣の側から追放することのできる状況。それも、誰も悲しまない形でだ。

ウォルフは喜んだことだろうな。

だが、そんなウォルフの予想に反して俺が勝ってしまった。

「……だが、少しだけ期待していた」

「期待？」

「ああ。親である俺が言うのもなんだが、ウースはそれなりに強かった。単なる人間が勝てる筈がないと思う程度にはな。だが、ウースに勝てるようなら、もしかしたら神獣を……そんな風にバカなことを考えてたんだよ」

そう言われて思い返してみると、ウォルフの行動には思い当たることがある。

俺と戦うことになったウースをやけに煽ったり、戦いの途中で突然条件を追加したりと俺に不利なことをしていたのに、俺がウースとの戦いを終えると、少し態度が変わったように感じた。

あれは俺が『期待できる奴』だと認めたからだったのか。

で、俺が『勇者』だと知って、その期待はさらに大きくなった、と。

「まあそんな願いは本当に叶ったわけだが……」

ウォルフはそこで言葉を止めると、不意に振り返り、その場で膝をつく。

「――アンドー」

「ん？」

「里を代表して……過去の長たちを代表して感謝する。ありがとう。俺たちをクソったれな呪いから解放してくれて、心の底から感謝する」

そしてそのまま土下座をした。

……感謝の言葉はいい。今までいろんな思いがあっただろう。それを終わらせた俺に対してそういうのは気恥ずかしくもあるが、救ってやれたという思いもあるからそれはいい。

だが、俺はそんなウォルフの姿を見て眉をひそめた。そんな姿を見せないでくれ。

俺は足元のウォルフに、声をかける。

「……俺は、お前の生き方に憧《あこが》れたんだ」

「憧れただと？　はっ。こんな俺にか？」

俺の言葉で頭を上げたウォルフは、自嘲するようにそう笑った。

だが俺は再びウォルフへ視線を戻して頷いた。

「そうだ。まっすぐ自分の意志を貫き、自分の生き様を曲げない。そんなお前に憧れた」

悩んでばかりの俺には、いつも笑っているような、迷いなんてないんだと言っているかのようなウォルフの姿が眩《まぶ》しかったんだ。

「だがそれは……」

「嘘だったかもしれないいし、作り物だったかもしれない。けどそれでも、俺はそんなお前の姿に憧れた。虚勢《きょせい》でも構わない……感謝してるんだったら、そんな俺が憧れたお前を最後まで貫き通してくれ」

こいつには、俺が憧れたこいつでいてほしい。

俺の自分勝手な押し付けがましい願いだってのは分かっているんだが、それでも……こいつには『こいつ』でいてほしかった。

「………ああくそ。本当に、大した罰だぜ。全くよぉ……」

……これ以上は、ここにいても意味がないな。

顔に手を当てながら天を仰ぐようにしているウォルフを見て、俺は立ち上がり洞窟を出ていこうと歩き出した。

「……おいアンドー。里を出ていくんだろ？　また戻ってこい。そん時には、お前が気を遣わなくてもいい場所にしておいてやらあ！」

それまでの覇気のない声とは違って、『いつも通り』のウォルフの声を背中越しに聞きながら、俺は洞窟を出ていった。


そこは、森の中に少し入った場所だった。

洞窟から里に戻る前、ちょっと森の中を歩いてみようと思い特に目的のないまま歩いていたのだ。

だからこんなところでイリンに会ったのは偶然だ。

「イリン」

「ご主人様……」

何かを見ているのか、なんの変哲もない森の中のその場所で、イリンは立ち尽くしていた。

「……いい場所だな」

目の前には花畑が広がっていて、木々の隙間から溢れた光が幻想的な景色を作り出していた。

すぐ側には川もあり、すこし里からは離れているが、子供が遊ぶにはちょうどいい場所だろう。

「……ええ。そうですね」

朝食の席で色々と言ったが、こうして改めて二人きりになると何を話していいか分からない。

「お前は――」

何を話せばいいのか分からず、話しておく必要のあることなんかを必死に思い出そうとする。

と、あることが思い浮かんだが、それを言葉にしかけて、すぐにやめた。

――ウォルフへの対処はあれでよかったのか。

聞こうとしたことはそれだったが、あまりにも今の状況に似つかわしくない。

それに、聞くべきではないと、そう思った。

改めて考えなくても、いい筈がない。友達を殺されて恨みはある筈だ。

だがそれでも、彼女は『よし』としたのだ。俺がここで聞いてしまえば、それでいいのだとあの場で言ったイリンの思いを無駄にすることになる。

「……ここは、私たちが攫われた場所なんです」

俺が再び黙り込んでいると、イリンが小さく呟いた。

そんな言葉に、俺は軽く目を見張った。

確かに、遊ぶにはちょうどいい場所だ、なんて思ったが、まさかここが攫われた場所だったなんて。

知らなかったとはいえ、あまりにも無神経な言葉を言ってしまったことに気がついた俺は、イリンにどう言えばいいのか分からずに黙ってしまった。

「今まで怖くて来られなかったけど……やっと来られた」

イリンは空を仰ぐように上を向いている。

里に来た時からイリンは俺が外出する時には一緒にいることが多かったが、俺はこの場所を知らない。

そして確かに、イリンが今日に至るまでここに来た様子もなかった。

だが今回、真相を知りその大元の原因を片付けられたため、自分の中で区切りをつけることができた。だからこそ、この場所に来られたんだろう。

「……お疲れ様」

そんなイリンに近寄り、俺はそれだけを言ってイリンの頭を撫でた。

「うあ……っ──！」

イリンは小さく嗚咽《おえつ》を漏らすと、俺の方へと振り返り、胸に顔をうずめてきた。

イリンを慰めて落ち着かせてからは、二人でいろんな話をした。

いろんな、と言っても俺とイリンが出会ってからはそれほど時間が経っていないので、それぞれのことを話すこととなったのだが。

俺は異世界のことを。そしてイリンは、どうやら吹っ切ることができたようで、あの場所で何をして遊んでいたとか、友達のこととかを話してくれた。

だが、どちらも明日の別れについては話すことがなかった。

それは、口にしてしまえば離れることになるのだと嫌でも実感せざるを得ないから。

それでも時間は過ぎるもので、俺たちは暗くなる前に里に戻った。

その日の夕食は、明日旅立つ俺のためにと、豪勢なものを用意してもらった。

ウォードやイーヴィンたちがやけにイリンに絡んでいたが……俺がいなくなって寂しいだろうからと、気を遣っていたんだろうか。


そしてついに翌日。俺は里を出るべくイリンの家の玄関で見送りを受けていた。

「それじゃあ、元気でな」

「ああ。そっちもな」

里の入り口でないのは、あまり俺が目立つのはまずいだろうという判断からだ。

しかし、今この場にイリンはいなかった。

いるのはウォードとイーヴィンとエーリーだけ。

他の子供たちはそれぞれ仕事に行ったりやることがあるとかで、ここにはいなかった。

まあ兄弟がいないのはいいんだけど、イリンまでいないというのは少し……いや、わりと悲しい。

「……ウォード」

「どうした？」

「……あ……いや、なんでもない」

これからここを離れるんだと思うと色々と考えてしまい、ウォードにイリンの件……神獣のことを話した方がいいんじゃないかなんて思って、つい話しそうになった。

だが、それはよくないと咄嗟に思い至り、俺は首を振って誤魔化すことにした。

「……お前たちが何かを隠しているのは分かっている。それが神獣の死に関することだってこともな」

ウォードの言葉に驚き、俺は目を見張る。そして慌てて側にいたイーヴィンたちへと視線を向けるが、そちらの二人も分かっているようだった。

「安心しろ、二人も分かっている。イーラたちがここにいないのは、俺の判断だ」

ってことはだ、俺が何かを言いそうになることもお見通しだったのかもな。

「だがそうだとしても、俺はお前を信じてる。こいつなら娘を守ってくれるってな」

この里にとって、神獣は守り神だった。

ぽっとでの俺と、ずっとこの里の守り神をやってきた神獣。どっちを信用するかって言ったら、普通は神獣の方だ。

だというのに、神獣の死に関わっている……いや、神獣を殺したと分かっているだろうウォードは、それでも俺のことを信用してくれた。

「俺のことを義父と呼んだんだ。失望させるなよ」

「ああ」

信用してもらえたことが、そしてこの世界にも居場所ができたと思えたことが嬉しくて、ウォードにまっすぐと見つめられながら俺はその言葉に頷いた。

「……じゃあ、行くよ」

イリンが見送りに来てくれないのは寂しいが、さあ行くかと振り返る。

だが、その直前で扉が開いた音が聞こえ、そちらを振り向くとイリンがいた。

「ああ、イリ……ン？　……え、その格好は？」

イリンは俺が出発するというタイミングになってやっと顔を出したのだが、その格好は少しおかしい。

服装が、なぜかこの里にいた時の民族衣装的なものとは違い、以前着ていたようなメイド服に戻っているのだ。

そしてそれだけではなく、これまたなぜか腰に短剣を吊《つ》るしたり背中に大きなリュックを背負ったりしている。

なんだあの格好は？　これではまるで……

「これからもお世話になりますね」

「……え？」

まるでどこかに旅に出るような格好じゃないか？　なんて思っていると、イリンはお辞儀をしながらそう言った。

「……イリン。お前、ここに残るんじゃ……」

「成人したら一緒に行ってもいいと、言われましたよね？」

言ったな。うん。そう言った記憶はある。でもあれ、俺確か三年後って……ああでも、そうか。

イリンは儀式を終えてるから成人したのか。

なら俺は、イリンが一般的な成人年齢まで三年だから三年後にって思ってたのか？

けど実際にはここの里の者たちの成人ってのは特殊で、神獣の儀式を終えればそこからもう成人するので三年も待つ必要はない？

だから儀式を終えて成人したイリンは俺についてくると？

……えー？

「これからも一緒にいられますね」

「……そう、だな」

そう笑いながら言うイリンに、俺は自身の顔が引きつるのを感じながらもなんとかそれだけ返す。

というか、それしか言葉にできなかった。

「嫌、でしたか？」

「嫌っていうか……昨日アレだけ話したのにこれだと……かっこつかないというかな……」

全てを片付けたら改めて想いを伝える、みたいなことを言った気がするんだが、ついて来られるとなると、なんだか格好がつかない。

「だとしても、私は嬉しいです」

「そりゃあまあ、俺もだけど……」

イリンは笑っているが、そりゃあね。俺だってできることなら一緒にいたいさ。

恋人が初めてできたってわけではないとはいえ、異世界なんてところに来てここまで色々あって恋人となったんだ。

またここに戻ってくると約束はしたけど、やはり一緒にいたいという思いは当然ながらある。

……のだが、それでもやはり格好がつかない。

何を言えばいいのか分からないけど、そもそも何も言う必要はないのかもしれない。

だがそれでも何かを言いたくてウォードたちへと視線を向けると、父親であるウォードは視線を逸らし、母親であるイーヴィンとエーリーは楽しげに笑っている。

「おい、ウォード」

笑っている二人の母親は無視して、ウォードへと声をかけたが、ウォードは視線を逸らしたままこちらと目を合わせようとしない。

「俺は言ったよな？　こいつらは狙ったものを手に入れるためにはすごく頑張るんだ、と」

確かに、少し言葉は違った気がしたが、そんな感じのことを聞いたな。

……え、というか、ならイリンは最初からそのつもりで、儀式の日を尋ねたり、早めにやりたいとか言ってたりしたのか？

「まあ、いい子なのは変わりないし、お前も受け入れてくれるんだろ？　……頑張れ。頼んだぞ」

……頼む、という言葉が先ではなく、頑張れ、という励ましの言葉が先に来るあたり、ウォードの心情が窺《うかが》えるな。

そんなちょっとした騒動というか問題というか、ゴタゴタを経て、結局俺は『俺たち』として旅に出ることとなった。

だって、いくら格好がつかないとはいえ、成人したらって言ったのは確かに俺だし、その条件を満たした以上、イリンなら俺が置いていったところでついてきただろう。

ついてくるなって言っても、旅先が同じなだけだと言われればそれまでだし。

嬉しいは嬉しいんだけど……なんだかなぁ……

隣を歩くイリンを改めて見るが、服装が気になってしょうがない。

メイド服は成長したため着れなくなっていた筈だし、首には以前も着けていた首輪がしてある。

首輪、里で暮らすことになった時に取ってたと思うんだけどなぁ……

てっきり捨てたものだと思ってたが……

「それにしても、お前はなんだか変わったな」

そんなことを考えながら、イリンに話しかける。

実際、俺についていきたいとゴネたりせずに、こうやって淡々とついてくる計画を立てるだなんて、思ってもいなかった。

それがいいか悪いかで言ったら当然いいことだし、今のイリンの方が好ましいとは思う。

けど、その変化の理由が気になった。

「そうでしょうか？　ですが、もしそうだとしたら死にかけたからでしょう。以前攫われた時も死を覚悟しました。ですが、あの時とは違って、今回は強く思ったのです。後悔はしたくない、と」

「後悔、ね」

「はい。そしてそれはあなたにもそう思って欲しいと思っています」

「俺にも？　後悔するなってか」

「するなとは申しません。ただ、私と一緒にいたことが間違いだった、と思ってほしくないのです」

一緒にいたことが間違いだなんて思ってほしくないってのは、俺だって同じだ。

それに、イリンにそう思ってほしくないだけじゃなくて、自分でもそう思ったりしたくない。

いつか来る未来で、俺はイリンを選んだことは失敗なんかじゃないし、一緒にいることを選んだからこそ今が幸せなんだと、そう言いたい。

「……そうだな。それは俺も――」

「イリン！」

だがそんな思いを伝える前に、聞き覚えのある、だがこんなところで聞く筈のない声が聞こえた。

「……ウース？」

その声の主はウォルフの息子にして、イリンの婚約者だったウースだった……婚約者と言っても、親同士の勝手な口約束みたいなもので、明確に決まっていたわけじゃないから、イリンとしてはなんとも思っていないみたいだけど。

「イリンッ！　本当に行くのかよ！　やっとだ。やっと帰ってきたってのに……そいつのせいで大怪我までしたってのにどうして——」

俺たちが出発したのを見計らって飛び出してきたのだろう。

里のある方角から走ってきて、俺たちの前に立ち塞がったウースに、イリンが冷たく言い放つ。

「ウース。どうしてあなたがここにいるのでしょう？」

そうだ。ウースは俺との決闘に負けて、もうイリンと俺に近寄らないことになっていたんじゃなかったか？

「私たちには関わらないよう、決まった筈です」

いくら自由にやっているように見えるウォルフでも、あいつは内心で色々としっかり考えている。

流石に里のみんなの前で宣言したことを破らせるわけがない。親子だからと言って特別扱いするなんてこともないだろう。

加えて、ただでさえ今は里が混乱してるっていうのに、ウースの行動を許すとは思えない。

「にもかかわらずあなたはここにいる。いえ、ここに来た」

となると、これはやっぱりこいつの独断ってことになるんだろうな。

「あなたは掟を破っていることになりますが、構わないのですか？」

今回の件は、まず間違いなくウースの独断だろう。ウォルフが知っていれば止めた筈だから。

だがそうなると、ウースは里を追い出されることになるが……それを承知しているのか？

「答えていただけませんか？」

イリンがウースに問いかけるが、ウースはイリンを見ているだけで答えようとしない。

「……ウース。答えなさい」

イリンは再度、少し強めの口調で問いかけるが、それでもウースはイリンへの問いに答えない。

それどころか、イリンさえも睨み付けるような鋭い視線を送っている。

……ここに来てこんな状態になるとは思わなかった。

里を出ることに決めたのには面倒ごとを起こさないためにという理由もあったのに、まさか最後に面倒ごとの方がやってくるとはな。

「なんでだ！　なんでなんだよ！」

ウースはなんでだと言っているけど、それだけでは何が「なんで」なのか全く分からない。

言葉をかけられたイリンも顔をしかめている。

とはいえ予想はつく。なんで俺といるのか。なんで村に残らなかったのか。なんでまだ首輪をつけているのか。

そんな無数の『なんで』なのだろう。結局は全部同じことを言ってるんだけどな。

「ウース。話をする気があるのなら『なんで』だけではなくしっかりと言葉を重ねなさい」

イリンも、きっぱりと断った筈なのに、まだつきまとってくるウースにいい加減嫌気がさしているようだ。その顔は、うんざりという感じになっている気がする。

……だけど、一つ言いたい。つきまとわれてうんざりさせられているのはウースだけじゃなくて、お前もだったぞ、イリン。

今でこそいい思い出となっているが、当初は俺もつきまとってきたイリンにどう対処しようか悩まされていた。

イリンも自分を見つめ直すいい機会だろう。人の振り見て我が振り直せってやつだ……でも全く変わる気がしないのか気のせいだろうか？

そんなくだらないことを思っていると、ウースが再び叫んだ。

「なんでそんな奴と一緒にいるんだ！　里に戻ることができたんだからずっと里にいればいいじゃないか！　もう奴隷じゃないんだろ!?」

「それは前にも言いましたが、私は好きでご主人様の元にいるのです。それをあなたにどうこう言われる筋合いはありません」

イリンはもう奴隷じゃない。だから俺と一緒にいるのはおかしいというのがウースの言い分……言い分と言っても、自分が思いつくままに駄々《だだ》をこねているみたいにしか見えないけど。

「……これ以上は、掟に逆らった者として対処しなくてはなりません。敵ならば殺しますが、同じ里の仲間はできるだけ殺したくはないです。もう私に関わらないでください」

そう言ったイリンの目は既に冷たくなっていて、それは本人が言うように、必要となれば今からでもウースのことを殺すだろうと思えてしまうほどだった。

「……お前のせいで！」

今度はイリンではなく俺に狙いを定めたらしく、俺のことを見据えて怒鳴るウース。

だが、イリンが俺の前に立ち塞がっているからか、殴りかかってきたりはしないようだ。

「ふざけんなよ！　お前なんか認めるか！　イリンは俺んだ！　俺のもんなんだ！　お前のものにはさせねえ！　渡してたまるか！　返せよ！」

俺だって、自分がウースからどう思われているのかくらいは理解してる。

だから今日でこの里にいるのも最後なんだし、事を荒立てずに大人しく場を収めたいと思っていた。

だが、そんなウースの物言いを聞いて、俺はそれまでの考えを捨てて前に出る。

黙っていられなくなったのだ。

「……お前の言いようは不快だな。渡すも何も、イリンは『もの』なんかじゃない。仮にも好きだっていうんだったら、そんな相手のことをもの扱いするんじゃねえよ」

こいつはイリンのことを一人の女性として見ているのではなく、装飾品のように『道具』として見ているとしか思えなかった。自分の生活を豊かにするための道具。

誰だって相手にそういうことを求めてしまうという面はあるだろう。人ってのは自分勝手な生き物だからな。だからそう考えてしまうこと自体は否定しない。

だが、だからといって自分の好きな人が『もの』扱いされれば話は別だ。そんなの、黙っていられるわけがないだろ。

「私はあなたに言われるのでしたら構いませんが……」

うん。今はそういうのは黙っていような。空気が台無しになるから。

若干イリンの発言で俺の中の緊張感が壊れた気がしたが、気を取り直そう。

「……最後だ。引く気はあるか？」

できればここで引いてほしい。でも……

「お前を前にして逃げるくらいなら、死んでやる」

「俺から逃げるなら、か……分かった。戦ってやろう」

そう、なるよな。

ここで戦わなければこいつはずっと俺たちを追いかけてくるだろう。そうなれば、もう本当にこいつの居場所はこの里にはなくなってしまう。

だがここで倒してしまえば、あとは俺たちがわざわざ言わない限り、こいつは掟を破ったことにはならない。

俺に突っかかってくるとはいえ、ウォルフの息子でイリンの親戚《しんせき》で、そして友人だ。できることなら、もうイリンに友人を失わせたくない。

だから、こいつはここで倒そう。

「これで、やっとお前からイリンを取り戻せる。お前みたいな『人間』からイリンを助けられる！　待ってろ、もうそんな人間の言うことを聞かなくてもいいようにしてやる！　人間なんかと番う必要もなくなるんだ！」

しかしまあ、こいつはやけに人間を嫌ってるな。人間の評価低すぎだろ。

けど、人間が嫌いだっていうのは分かる。何せ里の仲間を攫ったのは人間だし、俺を召喚したハウエル王国なんかは亜人たちを排除しようとしている。嫌いになってもおかしくはない。

……だが、こいつの行動の本質はそこじゃないんだろうな。

多分だが、こいつの言っている人間云々《うんぬん》なんてのは、単なる口実でしかない。

俺を恨む正当な理由が欲しいから、それっぽいことを言っているにすぎないんじゃないか？

「俺は絶対に負けない！」

無意識なんだろうけど、ここで出る言葉が「勝つ」ではなく「負けない」って時点で、心の底では自分の負けを理解しているんだろうと思う。

「そうか。だが、今回は俺だって負けてやる気はない。もう、覚悟は決めたんだ」

以前の……この里に来た時なら普通に負けていたかもしれない。

だが、今の俺はもう負けるつもりはない。

「そういうわけだ。旅立ちにしては物騒《ぶっそう》だけど、すぐに終わらせるから少し離れていてくれ」

「はい。御武運を」

俺とイリンがそう話していると、イリンが俺から少し離れたあたりで、背中を向けている俺に向かってウースが風の球を放ってきた。

だがその風の球は、俺に触れた瞬間に消えていった。

……これは公式の試合とかじゃないから開始の合図なんてものはないんだけど、女をかけた戦いで、これはないと思う。

やっぱり、こいつはもうイリンを助けることなんてどうでもいいんだろうな。

好きなのは本当だろう。だが、俺と戦う理由の本質は違うものなんだと思わざるを得ない。

ウースは、俺が人間だから信じてないんじゃない。自分を認めなかった現実《イリン》を認めたくないから、それを否定するために俺に突っかかってきているんだ。

要は、こいつらの一族の特性なのであろう強い執着が、悪い方に進んでしまったのだ。

俺としてはイリンだって似たようなものだと思っている。俺が受け入れているから問題になっていないだけで、受け入れていなければストーカーだ。

……っと、違う。話が逸れたな。

今はウースのことだ。とにかく、こいつは俺が何を言ったところで止まらないんだろうな。

だからもう、倒すしかない。

「チッ！」

ウースが舌打ちをしているが、以前にも攻撃の無効化は見せたことはあったし、この結果は予想していたのだろう。それほど悔しがっている様子もない。

「ならこれでっ！」

そうして再び作られる風の魔術。

だが、今回はさっきのように一つではなく、いくつもの球がウースの前に浮かび、こちらに飛んできた。

それらは、直線に進むものもあれば弧を描いて進むものもある。正面だけではなく上下左右から俺を囲むように飛んできた。

普通であれば危ない状況なのかもしれないが、俺はただ立っているだけでその全てを意味のないものへと変えられる。

攻撃が止まったことでお互いの目が合うが、俺から見えるウースの表情には驚愕と、若干の怯えが混じっているように感じられた。

「負けを認めろ。お前の攻撃は届かないよ」

ウォルフも言っていたが、確かにウースは強いのだろう。

その身体能力は、勇者としての能力に魔術による強化を重ねた状態の俺と、互角以上だった。

その上、魔術まで使えるとなったら並の者では相手にならないだろう。

だが、正直なところ、先日神獣なんて化け物と戦ったばかりの俺にとって、それと比べて見劣りしてしまっていた。

これが衆人環視の中での戦いなら俺は『スキル』を隠して戦い、その結果苦戦していたかもしれないが、ここは里から離れた森の中。

誰も見ていない、何も隠す必要のないこの状況で、俺は負けるつもりはなかった。

だが、俺の言葉を聞いたウースは、更に激昂《げきこう》する。

「うるせえ！　俺は負けない！　負けるわけがない！　イリンは俺のモノだ！」

まあ、予想していたけどな。俺がどんな言葉をかけたところで意味はないって。

「つがあああ！」

獣のような声を上げながら、ウースは俺に向かって突っ込んできた。

俺はそれに対応するかのように剣を取り出し構え、ウースの攻撃を待つ。

そして、ウースの切り上げた剣が俺に当たる。

が、その瞬間、俺はその剣をスキルによって収納し、それだけではなくウースの体へと手を伸ばし、革の鎧《よろい》をつけたその胴体に触れた。

その瞬間、俺のスキルが発動する。

俺の触れた鎧は収納の中へと消えていき、今のウースはなんの防御力もないただの布の服姿となった。

突然鎧を剥ぎ取られ、動きを止めてしまったウースだが、俺の攻撃はまだ終わっていない。いや、それどころか始まってすらいない。今のは単なる前準備だ。

「返すよ」

ウースの体に触れるほどの距離まで近づいた俺の手のひらから、さっきウースが俺に向けて放った風の魔術を全て取り出し、本人に返した。

「オグッ――――！」

今まで放ってきた魔術全てが一気に返されたことで、ウースは肺の中の空気を強制的に吐き出したような声を漏らして吹き飛んでいった。

だがここは森の中。吹き飛ばされれば、当然だがすぐにその木のいずれかにぶつかることになる。

「――ッ！」

既にさっきの魔術のせいで肺の中の空気を全て吐き出していたウースは、吹き飛ばされた先にあった木にぶつかり、声にならない声を出して地面に落ちていった。

「終わりだよ。殺さないから里へ戻れ」

「……ふざ、けるなあ！　まだだ！　俺は、まだ……戦える！」

倒れ、うずくまるウースは身を守るための鎧をなくし、敵を倒すための剣をなくし、立つことすらままならず、赤く血の混ざった涎《よだれ》を零しながら、それでも俺を睨んで叫んだ。

だがそんな憎悪の籠もった視線は、俺とウースの間にイリンが現れたことで遮られた。

「……どう、してだ。どうしてそんな奴が……俺だって、お前が……」

俺からはイリンが遮っているせいでウースの様子を見ることは叶わないが、それでも声に怒りがこもっているのは理解できた。

「俺はお前と……いつか番うんだって……ただ親に決められただけじゃなくて、本当に……だから俺が手に入れるんだって……なのに、どうしてっ！」

あまり冷静だとは思えないその言葉は、ウースの本心なのだろう。

だがそんなウースの声を聞いてか、イリンは小さく息を吐き出してから話し始めた。

「……私は、今のあなたは別としても、あなたのことは嫌いではありませんでした。少なくとも、親に決められたとはいえ、夫婦となることを拒否するほどではありませんでした」

「なら、なんで……」

「……いえ、そもそも嫌うだとか考えていなかっただけですね。ただあの頃は、そうするのが普通だと思っていたから、そのことに逆らわなかっただけ。ですが、私はこの方と出逢《であ》いました」

そう言いながらイリンは優しげに、柔らかな笑みを浮かべて俺へと振り返ってきた。

「……でも、そんなの……そんなのって、ないだろ……お前たちはただ偶然会っただけだろ。偶然攫われて、偶然助けただけで……」

「そうですね。出会いも助けてもらったのも偶然。たまたま出会った。たったそれだけと言ってしまえばそれまでです。ですが、それはあなたにとっては単なる『偶然』でも、私にとっては『運命』でした」

ウースの言葉で再びそちらへと顔を戻したイリンは、首を振りながらそう否定した。

「ふざ、けんなよ……なんだよそれ……だって、俺の方が早くに出会って、俺の方が長く一緒にいた筈だろ。なのに、偶然だとか運命だとか、そんなの……」

「ですが、私はあなたから好意の言葉を一つとして聞いたことがありません……想いは、言葉にしなければ分かりませんよ」

ウースを見ているイリンの表情は背後にいる俺からは見えないが、その声はどことなく悲しげに聞こえた。

だが、今の発言と悲しげな感情となると、イリンは……

「私はこの方と生きます」

その言葉と共に倒れたままのウースへと一礼したイリンは、今度は顔だけではなく体ごと振り返った。

「行きましょう」

イリンはそう言って俺に軽く笑いかけてから、ウースが現れるまで進んでいた道へと視線を向けた。

「ウース。あなたのことは嫌いではありませんでした。あなたが幸せになれることを願っています——お元気で」

その言葉を最後にイリンは歩き出し、俺もウースのことを一瞥《いちべつ》してからその後を追っていく。

そのまま、しばらくしてもウースは追ってくることもなく、その姿は見えなくなった。

「……お前は、俺と一緒にいて不満じゃないか?」

ウースの姿が見えなくなったところで、俺はそんなことを聞いた。聞いてしまった。

聞くべきではないと思ったのだが、それでも気になってしまったのだ。

だって、さっきのウースへの言葉とそこに宿っていた感情。それから察するに、イリンはウースのことを好——

「それ以上言ったら、怒りますよ」

イリンは俺の正面に回って足を止めると、正面から俺のことを見据えた。

その表情は本人の言葉通り、本当に怒っているようで、事実怒っているのだろう。

「この道は私が選んだもの。確かにウースのことで思うことがないわけでもありません。ですが、それでも私はあなたがいいと、あなたと一緒にいたいと願ったのです。だからこそ私はここにいる。この願いを、この想いを否定するというのは……それはたとえあなたであっても許しません」

……そう、だよな。自分の想いを、覚悟を誰かに否定されるなんてのは、認められないよな。

「……悪い」

そう言って自分の言葉を反省すると共に、俺はイリンの言葉を聞いてほっとしていた。

「いえ……私の主人はあなたです。私はあなたの僕《しもべ》としていることに不満はありません」

「いや、そこは不満を持ってくれ」

「不満はありませんが、それでもそれだけでは嫌だとも思ってしまったのです」

俺の意見を無視して話を進めるイリン。

そのことについてはもう少し言ってやりたい気持ちもあるのだが、話はまだ終わっていないようなのでとりあえず聞こう。

……だが、やっぱりもう少しこう、普通の関係として一緒にいてほしいとは思う。僕《しもべ》とかじゃなくてさ。

「先ほどの、ウースが来る前にしていた話ですが、私は後悔したくありません。そして今あなたの隣にいることを後悔するつもりはありません……ですが、今一つだけ後悔しました」

「後悔……」

それは俺に関してのことだろうか。未だにぐだぐだ言ってる俺に何か不満があるのか？

そう思ったのだが、違った。

「もう少しはっきりと想いを伝えて行動しておけばよかった、と。この気持ちが誤解されるだなんて、そんな勘違いをされてしまう自分が腹立たしいです。だから、行動することにしました。後悔したまま死ぬなんて、そんなのは嫌ですから」

イリンはそう言いながら胸に手を当て、悔しげに顔を歪めてわずかに下を向いた。

そしてギュッと目を瞑って深呼吸をし、目を開くとまっすぐに俺のことを見つめて口を開いた。

「これからは、私は逃げません」

逃げない？　それはいったいどういう意味だ？　イリンは今まで何かから逃げていたようには思えないんだが……

しかしその疑問の答えはすぐにイリン自身の口から教えられた。

「今までの私は、あなたに嫌われまいと言いなりでいました。嫌われて側にいられなくなるくらいなら、私自分を捨ててあなたにとって都合のいい存在でいようと、そう思っていました。ですが、それではつまらない。ただ言うことを聞くだけのお人形は嫌です。私はあなたと笑っていたい。嫌われてしまうかもしれないのなら、嫌われる前に私を好きになってもらえばいい。離れてしまうかもしれないのなら、離れたいと思わなくなるくらいに依存してもらえばいい。そう思ったのです」

はっきりと俺を見つめてそう宣言したイリン。

その言葉に嘘偽りはなく、その瞳に曇りはなく、心の底からそう思っているようだった。

……けど、その発想はどうなんだ？

確かに今、普通に一緒にいてほしいと願ったばかりだし、一緒にいてくれるというのはすごく嬉しいことだ。だけど、これは『普通』か？　なんかちょっと違う気がする。

「そしてそれはお母さんたちも賛成してくれました」

おい、イーヴィンとエーリー！　お前らは自分の娘に何教えてんだ。もうちょっと普通の教育をしろよ！

思わず内心で二人にツッコんでしまったが、そんなことを知らないイリンは話を続けていく。

「だから、覚悟しておいてください。これから先、何があっても、何を言われても、私はあなたの側から離れません」

澄んだ瞳で言っているが、その言葉にはどことなく狂気を感じてしまい、一瞬だけ気の緩んだ俺の心はもう一度冷静なものへと戻った。

「たとえあなたに嫌われようとも、邪険にされようとも、ずっとずっとずっとずっと……私はあなたから離れません。離しません」

イリンの言葉はどこかおかしい。態度も、想いも、俺の常識から考えると普通ではない。

しかし参ったことに、俺はそんなイリンの言葉が心地いいと感じてしまっていた。

だけど……

「それは、俺だってそうだ。俺も離さないよ」

この子は俺に命を救われたと言っているが、それを言うなら俺だってイリンに救われた。

それは肉体的なものではなく、心。

同じ勇者の、仲間だった筈の子を殺して、仲間だった筈の子たちを置き去りにして、自分が生きるためだと言い訳をして全てを見捨てて逃げ出した。

その結果、確かに生き残ることができたさ。

もし王都を出た時にイリンに出会ってなくても、俺はどこへなりとも逃げて生き延びただろう。

だが、その場合は俺はどうなっていただろうか。

いつか追手が来るんじゃないか？　いつか見捨てた勇者たちが仲間の仇《かたき》を討ちに俺を殺しに来る

んじゃないか？　こいつは敵なんじゃないか？　あっちの奴は追手なんじゃないか？　親しくなった筈のこいつは、本当に俺を裏切ったりしないか？

そんな疑心暗鬼のまま、世界の全てを疑って過ごして、一生を惨めに過ごしていたかもしれない。

今となってはそれも分からないが、俺のことだ。きっと似たような未来になっていただろう。

誰も彼もを疑って、逃げてそして一人ぼっちで死んでいく。そんな未来。

だが、イリンと出会ったことでそんなクソみたいな未来は変わった。

追手かもしれないと邪険に扱い、裏切るかもしれないと疑い続け、だがそれでも自分を犠牲にしてまで健気《けなげ》についてくるイリンを見て、俺の心のトゲは溶けていった。

この子が……イリンがいたからこそ俺はここにいる。この世界で笑っていられる。

だから、救われたというのなら、それは俺の方だ。

王国に残してきた勇者たちを見捨てるつもりはない。彼らを助けるという目的を諦めるつもりはないし、イリンの怪我の治療を忘れるつもりはない。

それらは俺のやるべきことで、やらないといけないことだ。

王国に置いてきた彼らを見捨てたりしたら、俺は一生後悔する。だから俺は彼らを助けるために動く。

イリンの怪我だってそうだ。昨日ウォードたちに宣言したように、俺はイリンの怪我を治したら、改めてはっきりと想いを告げるつもりだ。

だから、それまでは、その目的を果たすまでは、俺は前に進み続けるだろう。

……だがそれでも、もう少しこの世界を楽しんでもいいんじゃないだろうか？

せっかくこんな世界に来て、隣にはこんなに可愛い女の子がいるんだ。だったら、もっと楽しまないと損ってもんだ。

それに、こんなにも想ってくれているのに、ただでさえ色々と先延ばしにしているのに、一緒に旅を楽しむことすらできないようじゃ、恋人として情けなさすぎる。

今までのこと、これからのこと、そんな色々なことを忘れるつもりはない。歩みを止めるつもりもない。

だがそれでも、俺はイリンと一緒にこの異世界の全てを楽しもうと思う。

「それじゃあ、行こうか」

「はい！」

さて、次はどんな街なんだろうな。

番外編　残された勇者たちの決意

「海斗《かいと》くん、準備はできてる？」

「ああ、大丈夫だ」

俺、神崎《かんざき》海斗は、一緒にこの世界に勇者召喚された内の一人、斉藤桜《さいとうさくら》の言葉に頷く。

とある事情で王国南方国境砦《とりで》に赴《おもむ》いていた俺たちは、そこから一度王城に戻っていた。

そしてこれから、王女様から勧められた場所へと、修業のために向かうことになっていた。

修業、なんていうとなんだかカッコつけてる感じがするが、実際に自分がやるんだからなんとも言えない表情になってしまう。

「にしても、収納って便利だな」

俺は部屋の中を見回して、そう呟く。

今回の修業に必要なものは全て収納の中に入ってる。元の世界から来た時の鞄《かばん》なんかも、全部同じように収納の中だ。

「収納、か……」

ふと、収納しかスキルを使うことのできなかった仲間——彰人さんを思い出した。

俺や桜たちと一緒に、この世界に勇者として召喚されたものの、収納以外に勇者が持つ筈のスキルを持たず、それでも俺たちのことを支えてくれた人だ。

あの人は今、その行方が分からない。城が魔族に襲撃され、一緒にこの世界に来た勇者の一人、永岡《ながおか》が殺された時に、姿を消してしまったのだ。

当初は死んだと思われていたが、国境砦で得た情報から、生きている可能性が出てきた。

彰人さんが何を思ってどこにいるのか、そもそも本当に生きているのか分からないが、それでも、もし生きているのなら探し出して助けたい。きっと色々と困ってるだろうから。

そのためにも俺たちは、態勢を整えるために、いちど王城へと戻ってきたのだった。


「お待たせ」

「ああ海斗、桜。来たわね」

待ち合わせていた場所へ桜と行くと、そこには勇者召喚されたメンバーの最後の一人——滝谷《たきや》環《たまき》が、馬車を用意して数人の騎士たちと共に待っていた。

けれどその様子は、以前のような〝ゆるさ〟を感じるものではなく、どこか張り詰めたようなものがある。

そう、最近の環はどこかピリピリしてる。

以前はいろんなことを話してくれたのに、最近では俺はともかくとしても、桜にさえ話してくれないことがある。そのせいでどことなく距離を感じた。

けどそれは仕方がないことだと思う。

環は彰人さんを慕《した》っていたから、いなくなった時は塞ぎこんでいたし、これでも少し前よりはマシになったと思わないとな。

だからって、そこで満足してちゃいけない。だって今の環は俺の知っている本来の環とは違うんだから。

環だけじゃなく桜も、王女様だって魔族が侵入してきたことで暗くなってる。

それをどうにかするためには、大元の元凶である魔王をどうにかしないといけない。

正直、魔王なんて存在と戦うのは怖い。

ただの手下である魔族でさえも城の結界を破り、さらには勇者を倒すだけの力があるんだから、その親玉はどれほどの力を持っているのか……そう考えてしまう。

だがそれでもやらないといけないんだ。

だって俺は『勇者』だから。それができると、そのために喚ばれたんだから。

魔王を倒そう。それから、どこかで生きていると思われる彰人さんを見つけて、俺たちみんなで帰るんだ。元の世界に。

そうすれば環もまた以前のように戻る筈だし、桜だってなんの気兼ねなく笑うことができる筈だ。

それに俺自身、最初はこんな魔法の使える世界で少し……いや、だいぶはしゃいだが、魔族の侵入以来、心のどこかにトゲが刺さったようなイヤな感じがある。

今では家が、家族が恋しい。環や桜がどうこうって言ったけど、実際のところは俺自身が帰りたいって思いが強いんだと思う。

そのためにも、今よりもっと強くならないと。環も桜もこの国も、全部守れるくらいに強くなってやる。

「行こうか」

俺たちは家に帰る。だから俺は止まらない。俺たちはまだまだ進み続けるんだ。

「ざまあ」なしで幸せを掴む大逆転ファンタジー！

勇者パーティを追い出されたケイン。だが、幼なじみである勇者達を憎めなかった彼は復讐する事なく、新たな仲間を探し始める。そんなケインのもとに、凛々しい女剣士や無口な魔法使い、薄幸の司祭などおかしな冒険者達が集ってきた。彼は“無理せず楽しく暮らす事”をモットーにパーティを結成。まずは生活拠点としてパーティハウスを購入する資金を稼ごうと決心する。仲間達と協力して強敵を倒し順調にお金を貯めるケイン達。しかし、平穏な暮らしが手に入ると思った矢先に国王に実力を見込まれ、魔族の四天王の討伐をお願いされてしまい……？

●定価：本体1200円＋税　●ISBN：978-4-434-28550-9　●Illustration：サクミチ

この作品に対する皆様のご意見・ご感想をお待ちしております。
おハガキ・お手紙は以下の宛先にお送りください。

【宛先】
〒150-6008 東京都渋谷区恵比寿4-20-3 恵比寿ｶﾞｰﾃﾞﾝﾌﾟﾚｲｽﾀﾜｰ 8F
（株）アルファポリス　書籍感想係

メールフォームでのご意見・ご感想は右のＱＲコードから、
あるいは以下のワードで検索をかけてください。

アルファポリス　書籍の感想　検索

ご感想はこちらから

本書はWebサイト「アルファポリス」（https://www.alphapolis.co.jp/）に投稿されたものを、改稿・改題のうえ、書籍化したものです。

『収納《しゅうのう》』は異《い》世《せ》界《かい》最強《さいきょう》です３　～正直《しょうじき》すまんかったと思《おも》ってる～

農民（のうみん）

2021年 2月 28日初版発行

編　集－村上達哉・篠木歩
編集長－太田鉄平
発行者－梶本雄介
発行所－株式会社アルファポリス
〒150-6008 東京都渋谷区恵比寿4-20-3 恵比寿ｶﾞｰﾃﾞﾝﾌﾟﾚｲｽﾀﾜｰ8F
TEL 03-6277-1601（営業）　03-6277-1602（編集）
URL https://www.alphapolis.co.jp/
発売元－株式会社星雲社（共同出版社・流通責任出版社）
〒112-0005 東京都文京区水道1-3-30
TEL 03-3868-3275
装丁・本文イラスト－おっweee
装丁デザイン－AFTERGLOW
印刷－中央精版印刷株式会社

価格はカバーに表示されてあります。
落丁乱丁の場合はアルファポリスまでご連絡ください。
送料は小社負担でお取り替えします。

ISBN978-4-434-28549-3 C0093